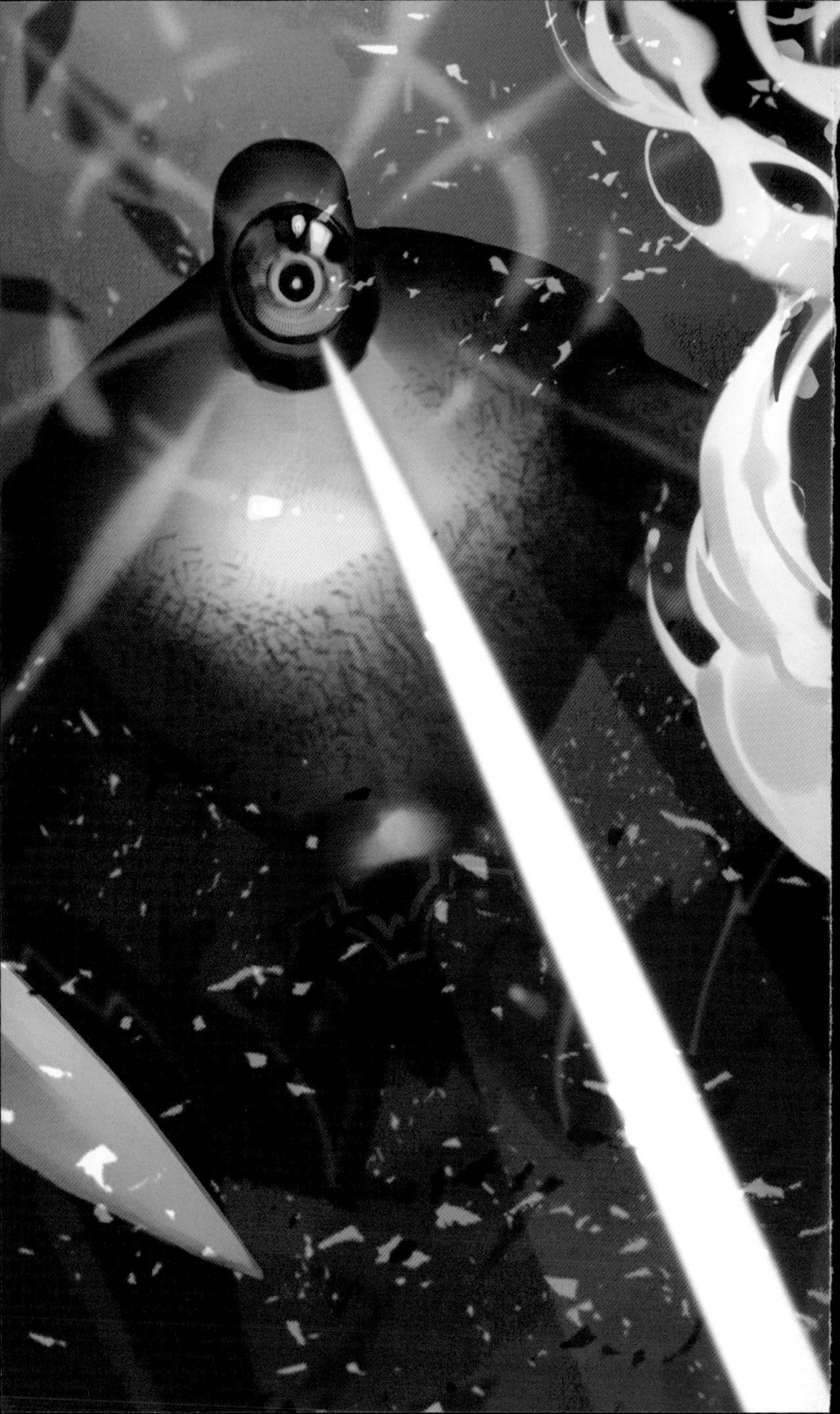

隠れ転生
Kakure Tensei

2

著 トール
絵 沖史慈宴

Author
Toru
Illustrator
Oxijiyen

TOブックス

Contents

Kakure Tensei

イラスト：沖史慈宴　デザイン：アフターグロウ

Characters
ターナー
（ターニャ）
一を聞き十を知るを地でいく。
レンの秘密を知っている。
レン
（レライト）
本作の主人公。
元サラリーマンの転生者。
のんびりしたいだけなのに、
つい危なげな幼馴染達の
子守りすることになり
七転八倒する日々を送っている。
テトラ
（その外見は）天使。
テッドの妹。村長の娘。
レンに懐いている。

アン
（アニーゼフェレニア）
天真爛漫不羈奔放。
実は一番運動能力に
長けている。
チャノス
村唯一の商家の息子。
クールでありつつ、
子供なので
割とムキになること多し。
ケニア
一番の常識人。
四角四面のお堅い性格をした
仕切りたがり。
テッド
村長の息子。
ガキ大将的な立ち位置にいるが
横暴な振る舞いはせず、
率先して自ら動く。
ドゥブル
昔に名を馳せた元冒険者。
魔法使いで、
村人一同からの尊敬を集める。

第1話

夏の暑さも過ぎ去ってしまえば恋しく、今はまだ涼しいで耐えられる気候が我が村にも到来していた。

今年もボチボチ収穫祭の時期である。

畑から見上げる空は抜けるような青で、畑仕事の休憩がてら一息つきながら眺めていると……なんだか浮き立つような気分にさせてくれる。

あの湾曲した雲の形なんて、まるで空から何かが落ちてきたようじゃないか。

――――雲を貫いて。

…………あり得るな？

――なんてバカな考えを抱いてしまうのも、魔法なんてものがあるファンタジーな世界観のせいだろう。

気をつけねば。

このままでは十四歳になると罹ると言われている病に罹患してしまいそうだ。

ふと頭を過るのは、若かりし頃に書いたノート。

読めば悶え死ぬこと間違いないという暗黒の手記。

……い、嫌だ！　嫌だあああ⁉　あれを人生に再び遺せというのか⁉　絶対にノー！　ノーだ！

前の体に残してきた黒い歴史を『今はもう違う人生を歩いてますから？　別人ですからあ⁉』と、いつもとは真逆のポジティブシンキングで抑え込み収穫作業に戻る。

仕事、仕事だ……俺を救ってくれるのはいつも仕事……。

しかしそう言える程の変化が、今の俺には確かにあった。

なんとびっくり、今では畑を一つ任せてもらえているのだ。

出世ですよ、出世、出世！

足元には元気に四方へと飛び出した葉っぱが、その存在を主張している。

ニマニマしながら葉っぱを掴み、一思いに引き抜くと……地中から白くて太い立派な根菜が出てきた。

う、上手くない？　上手に出来てるんじゃない？　これ絶対に美味いでしょ？　凄いでしょ？

綺麗でしょ‼

将来口説くことになる女性への褒め言葉は『君の肌ってダイコンみたいだね』で決まりだろう。

間違いない。

うず高く積まれたダイコンの山にまた一本……詰まった物を作ってしまった。

ニマニマが止まらない、ニヤニヤに進化しそう。

傍から見たらどうだろう？

自分で作った野菜を見ながら粘り気のある笑みを見せる子供っていうのは？

『あの息子さんの将来は安泰だなぁ』と感心されちゃうまであるだろう、たぶん。

いやいや……そう？　やっぱりそうかなあ？　ふへへへへへ。

おっといかん、冷静にならねばうへへへへ。

こうなってくると水田にもチャレンジしてみようかな？　なんて欲も湧いてくる。

未だ見ぬ稲穂への挑戦。

あるかどうかは分からないけど。

しかし……て、手柄が欲しいのだ！　新しい分野の開拓に成功して、もっと認められたいのだ！

もっと褒めて欲しいのだ！　充実感に溺れたいのだ!!

米への思い？　ああ、あるある、勿論あるよ、米いいよね米（棒）。

意外と出来そうな気もするんだよなぁ……水田じゃなくてもさ。

土と水の魔晶石《ましょうせき》さえ使えば、わざわざ水を引っ張ってこなくても出来ちゃいそうな気もするんだよなぁ……ズルいよ、チートだよ、異世界。

しかしやはり米を作るなら水田だろう？

なんとか村を拡張して川の傍まで広げられないものか……。

そんで美人の嫁さん貰って川の傍に新築一戸建てですよ。

叶う！　異世界にて！　バラ色の家族構築が！

エヘラエヘラしながらも、今度は赤い根菜の山を積み上げるべく隣りの畝《うね》へと移る。

畑の広さに限界があるので作っているのは二種類だ。

任された畑の方は手伝いを断って一人で収穫している。

別に気持ち悪い笑顔を見られたくなかったとかじゃなくてですね？　達成感とかそういう理由ですよモモモチロン！　幼馴染一同から「うわ……」と言われたとかではなく!!

ちなみに午後の作業なので、時間に焦る必要はない。

天気も崩れる気配がないので、なんの心配もない。


――――チャノス家の小屋《溜まり場》を卒業してだいぶ経った。

今ではそれぞれがそれぞれの家の手伝いをしている…………筈である。

……いやテッドとチャノスはどうなんだろう？　分からんな？

卒業――と言っても、村にはいるわけなのでお互いによく会うし、暇な時に遊んでいるのである程度の内情は知っているが……。

アン、ケニア、ターニャなんかの女の子組は、普通に畑のお手伝い要員である。

しかしあくまでお手伝い《サポート》程度で、今はまだ畑に関しての知識を入れているような段階だ。

一人だけ段違いで必要が無さそうな娘がいるけど……そこはそれ。

どれだけ早く覚えようとも、アンの知恵袋として何度も引っ張り出されると愚痴を零していた。

この数年でアンと――――特にケニアは見違えるばかりに成長した。

外見は、だけど。

……もう一人は、うん、しゃーないと思う。

だって俺もターニャもあいつらより歳が三つも下なんだし。

時たまケニアの体のある箇所を見ては絶望して、母親の体のある箇所を見ては絶望して怒られて
――といった具合である。

あの娘は本当によく分からんよね。

まあ女子組の方はそんな感じで、良くも悪くも元気にしている。

しかしこれがテッドとチャノスとなると……よく分からない。

元気にはしている、元気にはしているんだが……。

仕事をしているかと言えば疑問である。

村長業務とか売店業務とかのサポートでもしてるんだろうか？

家業が違うと職種も違うのでよく分からない。

この二人について知っていることと言えば午後からのことで…………頭の痛くなる内容なので考えるのはよそう。

テトラは大天使《アークエンジェル》だ、間違いない。

天使様に人間がこなす雑務なんて無縁な筈なので、存在することが仕事と言えば仕事だろう。

だから何もしなくていい、何もしなくても可愛い、成長記録を壁画にして後世に伝えるまである。

そもそもテトラの年齢を考えれば、ようやく溜まり場《小屋》入りといったところなのだが……何を思ったのか俺達の卒業と同時に小屋に行かなくなってしまった。

というか同年代の子供と遊ばないらしい。

これにはテッドが酷く焦っていたので覚えている。

男子組の仕事の有無についてはよく分からないが、そういった心配や愚痴なんかはよく聞くので内面や外見の変化には詳しいと思っている。

二人とも随分と背が伸びた。

それはもうニョキニョキと。

前の世界を思えばヒエラルキーの最上階に住んでいそうなイケメンっぷりを発揮しつつある。

………ああ、そういえば村でもヒエラルキーの最上階だわ。

次代の村長と商家の若旦那なんだから。

あの二人の悪ガキぶりに時々そういうこと忘れてしまう。

そうだよなぁ、小屋を卒業して……確か三年ぐらいが経つもんなぁ。

あの偽冒険者事件の後の収穫祭を機に、俺達は小屋に集まらなくなった。

テッドとチャノスとアンとケニアが八歳になったからだ。

習慣――というわけでもないのだが、大体の農家は八歳を目処に子供に仕事を手伝わせ始めるんだそうだ。

といっても農家確定というわけではなく、将来の選択肢の一つとして自分の仕事を教えているんだとか。

早い、と感じてしまうのだが……義務教育だとでも思えば納得も出来る。

ケニアが読み書き計算に意欲的だった理由も分かるというものだろう。

将来を見据えてのことだったのだ。

……よっぽど大人だよ、そんなに慌てて大きくならなくてもいいのに。

なんて考えも前世がある故になのか、周りの大人達は俺のような焦りもなく、至極当たり前といった感じだった。

そもそも年下で既に畑仕事に意欲的なお前が何を言うか、と言われてしまえばそれまでなので口に出したことはないが……なんかなぁ……。

そんな不満というかモヤモヤした想いが上手く形になる――前に、誰かに後ろから服を引っ張られた。

非常に弱々しく。

「あぶぅうう！」

次いで上がった声に慌てて振り向く。

そこには――赤ん坊を抱えたターニャが立っていた。

「ターナー?!」

「……そう」

「んでモモちゃん?!　また持ってきちゃったの?!」

「……そう」

「……そう」じゃないでしょ「……そう」じゃ！　ダミだよ?!　勝手に連れてきちゃ！

毎回言ってるでしょ?!

「あっ、……ぶぅ！」

そう、危ないんだよ。

第2話

まあ色々と変わるよね、色々と。

具体的には村人の数とかさ。

埋めや腐瘦せや血に満ちよ、だっけ？

まあそんな感じで村人の増員というか村の拡大が本願な開拓村にあって、子作りは推奨されているわけで……。

うちの両親とかそりゃもう模範的ですから……ええ……。

でもまだまだ川の字なんですよ……。

何がとは言いませんけど！

しかしそんな事情も含め、新しい命を望むという村の方針を知ったからこそ、ここ数年で分かったことなのだが……ほぼ間違いなく——

前の世界とは出生率に違いがあるようだ。

たぶんだけど…………百倍は授かり難いんじゃないかな？

下手すると千倍？

余所の家の事情なんて知らないから分からないところもあるけど、うちの両親がスタンダードだと考えればそれぐらいあってもおかしくないように思える。

こちらの世界で、生まれて初めて強く『……異世界なんだなぁ』って思ったよ。

『あるかも？』なんて思っていた魔法以上に。

なんだろ？　何が違うのかな？

傍目には前世と変わりない人間の体だけど、やっぱり違いがあるんだなあ。

まあ魔法なんてビックリ現象起こせる時点で色々と違うんだろうけども。

もう分からんよ、ハッキリ分かんだね。

「あっ、ぶ！」

「ああ、はいはい。そうだね？　危ないね？　センシティブだもんね？　バンされちゃうね？」

畑の中央で子守りをしている転生者《前世持ち》、どうも俺です。

ターニャはモモちゃんを俺に抱かせて、興味深そうに妹のホッペをつついている。

お陰でモモちゃんは怒り昂ぶっていた。

やめてあげなさい。

「ターナー……なんで持って来ちゃうの？　前も言ったろ？　モモちゃんにお外は早いんだよ」

「……お母さんは、子守りがヘタ」

それ絶対お母さんに言ってやるなよ？

俺の服を掴んでは上へと登りたがる赤ん坊を適当にいなしながら畑を出る。

後ろ手に付いてくるターニャは今日も今日とてジト目だが――――少女特有の丸みというか儚さのようなものを備え始めていた。

ターナーも、もしかするとアンやケニアのようになるのかもしれないなぁ。

あの二人は、昨今じゃ村で一番との呼び声高い美少女になりつつあった。

テトラは既に天使だから比べる次元にないけど、幼馴染達の顔の造形は一様に綺麗めだ。

え？　なんでテトラ基準かって？　人が天使に勝てるわけないからに決まってるだろう？　うん？

しかし人という範疇では充分に人目を惹き付けるようになった幼馴染の女子達。

年上組は収穫祭で十一歳。

そう考えるとまだまだ子供なのだが……こちらの成人年齢からすると中学生ぐらいの精神性はありそうで……。

というか体躯は中学生なんだよね。

更に一部は既に大人と遜色ないぐらいで……うちの母ちゃん負けてるまである。

………あいつら成長早くね？

チラリ振り返ったターニャを見て安堵。

スッ、トーンだから。

オーケー大丈夫。

まだ希望は残っている。

彼女もそう信じていることだろう。

「……なに？」

「いや、そっくりだなって」

気取られては堪らぬ――と、やけに鋭いところがある幼馴染に抱えていた妹を突き出して追求を避ける。

「似てない」

おおぅふ……なんか妹に思うことでもあるの？　やけに返事が早いじゃないですか……。

「あっぶぶっ！」

おおぅふ……なんか姉ちゃんに不満があるの？　やけにご機嫌斜めじゃないですか……。

「そっくり」

「似てない」

「ぶっぶぅ」

そうだね、君にとって人間は乗り物だね。

収穫も終わりかけなので急ぐこともないと休憩を入れることにした。

木陰に荷物を置いていたので、ひとまずはそこへ。

水筒と小麦粉を練って焼いた食べ物を持参している。

これに名前は無い。

強いて言うなら『小麦練り焼き』と呼ばれている。

……パンなのかなぁ？　なんなのかなぁ？　まあ美味いからなんでもいいんだけどね。

赤ん坊片手に包みを解くべく手を伸ばして……荷物が荒らされていることに気が付いた。

盗難だ！

なんということでしょう、平和な村で起こる不可解な盗難事件……。

下手人に真顔で話し掛ける。

「ターナー？」

「……落ちてたから」

「あーうー」

置いてたんだよ……食い物が落ちてるわけねぇだろこのスットコドッコイ。

相変わらずの腹ペコ娘具合。

この前も——せっかく焼いた小麦練り焼き《パン》を全部食べられた！　ってアンとケニアが愚痴ってたぞ？

両者共にあげたい相手がいたっていうのにさ。

ここにな！

「ぶー」

「なにかね？　文句があるんならハッキリと頼むよ」

残念ながらハッキリ言ってくれなきゃ受け付けられません。

まあ、おやつのつもりだったので文句は言いませんけど、これが昼飯だったら危なかったよ？

泣き喚いて醜態《しゅうたい》を晒《さら》していたままである。

仕方なしに水分だけ取ろうと木陰に腰を降ろして荷物の中から水筒を探る。

堂々と悪びれることなく隣りに腰を降ろすターニャ。

腕からの脱走を試みる妹をからかい始める。

水筒から蓋へと注いだ水を差し出しながら、文字通り水を向ける。

「それで？　今日はどしたん？」

「……うん」

……うん、じゃ分からないでしょ、……うん、じゃ。

「なん？　収穫祭関係か？　ユノさんに大鍋番代わってとか言われたのか？　あの人最近サボり癖付き始めてるから断っとけよ？」

「……わかった」

……言われたの？　あれ一応は正式な仕事なんですけど？

「……言いにくいんなら俺から言ってやろうか？」

「……違う」

どう違うのか……相変わらず言葉が足りない。

おかげで読解に苦労するよ。

あの偽冒険者《トーラス》が冒険者じゃないって言葉の意味も、後々の解説でようやく理解出来たけど……。

それまでが長かったからなぁ……ターニャ激オコだったし、収穫祭あったし、冬籠りしてたし。

言いにくいことなのか口を開いては閉じて、閉じては開いてを繰り返すターニャを、モモちゃんの相手をしながら粘り強く待った。

そろそろモモちゃんだけでも帰そうかと考え始めたところで、ターニャがようやく口を開いた。

「……お母さんとケンカした」

めっちゃ普通。

少しばかり警戒度を上げていたのは、ターニャの賢さを知っているが故にだろう。

一を聞いて十を知るを地で行くターニャ。

そのターニャが言い出しにくそうにしているのだから何事かと警戒もしよう。

しかし考えるでもなくお年頃、難しい時期。

たとえ天才だろうとなんだろうと、歳相応の悩みというのは付いて回るようだ。

…………にしても、だ。

お前ら……俺を愚痴の吐け口にし過ぎじゃない？

第3話

各々《おのおの》が物思う時期《思春期》へと突入した幼馴染達。

感じ方にも差が出てきて、不平不満は勿論、大人の言うことにも素直に頷けないという……それは元からですね、ええ。

だからって妹強奪してきちゃダミだよ?!

「まさかの共犯にされてしまうとは……」

「あーうー、あー」

「……だって」

おお？　珍しいこともあるもんだ。

ターニャが『だって』とか言うなんてなぁ。

そういえばターニャの親御さんはターニャの扱い方が分かっている感じがあったよな。

いつか受けた『罰』の内容然り。

ターニャが強く言い出せないギリギリのラインを突いた子供扱いだったと思う。

さすがはターニャの親だけある。

娘のことを熟知している。

俺達は今、ターニャの家に向かっている。

分かりやすく言うなら『ごめんなさい』するために。

さすがのターニャでも一人は言い出し辛いのか、付いてきてほしいとのこと。

そこは同性にでも頼んで欲しいと思うのだが……同年代が俺だけと言われればそれまでだ。

それにしては年上であるあいつらも、大人への謝罪時は俺を引っ張り出す。

頼られてると思えばいいのか、使われてると思えばいいのか……。

「あぅー」

可愛いから全然問題ないな。

別にオムツを換える訳でもないんだし、むしろ得したまで………まさかそこまで読んでのことじゃないだろうな？　妹強奪してきたの。

ターニャ家の次女、モモちゃん。

この名前は別に略称ではない、ちゃんと確認済みの本名である。

髪の色や瞳の色は茶色で、これは多くの村人と同じで一般的だ。

外見的な特徴は特に無いのだが、とにかく物怖じしない性格で、なんにでも突撃していくという……なんとも目を離せない赤ん坊である。

あと全然泣かない。

ターニャの時と比べると、世話というより危険という意味合いで、非常に手の掛かる赤ん坊なんだそうだ。

ターニャが拗《す》ねている原因はその辺りだろうか？

一人っ子からお姉ちゃんになったことによる不満……とか？

前の人生と合わせても俺に兄弟姉妹なんていなかったので、その辺の心模様は理解出来ない。

………弟妹がいた方が寂しくないと思うんだけどなぁ。

モモちゃんを抱えながら、ターニャと二人、ターニャの家に向けて歩いている。

となると最短距離は村の真ん中を通ることになるのだが……。

自分の家の畑から真っ直ぐ進むと見えてくるのが、チャノス家の小屋だ。

いつかのように、中からは騒がしい声が聞こえてくる。

「なんで⁉　なんで⁉」

「うそついた！　うそつき！　このっ……」

「うわあああん⁉　ぶったあああああ！」

「やめろお前ら！　ああ、こら⁉　それは口に入れるもんじゃない！　泣くな、騒ぐな、走るな、――あああああああああああああああ⁉」

子供の声に混じって聞こえてきた新しい世話役さんの声は――聞いたことのある男の声だった。

誰だか知ってるけどね。

チャノス家の商会に雇われたと聞く。

「……寄る？」

「うー？」

知り合いの声を聞いたターニャが訊ねてくる。

……答えは分かってるだろうに。

二の轍は踏まないさ。

「さー、帰ろうねー？　モモちゃん、手を伸ばしちゃダメだ。あいつはもう救えない……」

「……バイバイ」

「ぶっ！」

そんなに怒らなくても、三年もしたら嫌でも通うようになるから。

チャノス家の塀をグルリと周りながら売店の方へと向かう。

売店の近くには新しい建物も増えたのだが、夜にしかやらないのと子供には関係のないものを扱っているのでスルー。

辿り着いた売店の軒先《のきさき》で、これまた知り合いが台車に薪《まき》を積んでいるのが目に入った。

目が合ってしまったので、挨拶《あいさつ》を交わすべく声を上げる。

「こんにちは、エノクさん。さっき相棒が泣いてましたよ」

「よう、レン。フッ、今週はあいつが当番なんだ。……聞いてる分には楽な仕事なんだがなぁ、ありゃ詐欺だぜ。あいつは知らなかったからさ、薪運びを代わってやるって言ったら飛び付いてきたよ」

「あれ？　薪運びは商家の人の仕事なんじゃ？」

マッシの仕事は護衛だと聞いていたので、組分けするなら外様《とざま》になる。

こういう仕事は本家の商会員がするんじゃないのかな？

「こないだユノさんに自分の所の畑を手伝ってもらったらしくてさ、その代わりに薪運びを任されたんだとよ。んでもって俺があいつの代わり」

ということは、子守りは元々エノクの担当だったのか。

悪い奴やなぁ。

「手伝いってことは、収穫？」

「そそ。もう俺のとこは終わってるから気楽なもんだけどな。お前んとこも手伝ってやろうか？」

「……それで『小屋行き』は割に合わなくないですか？」

「ちなみに持ち回りだから来週もマッシだ」

「鬼ですか？」

やめてやれ、もし痩せてしまったらどうするつもりだ？

アイデンティティ無くなるぞ。

「ま、これも良い経験ってやつさ。そろそろ行くぜ？　マッシが駆け込んで来ないうちによ」

「頑張ってください」

「おう、じゃあな」

手を振って台車を押していくエノクは妙に堂に入っていて、それが普段の仕事ぶりなのだと窺えた。

ほんと、子供の成長って早いんだなぁ。

「……喋り方、まだ綺麗だね」

にこやかに手を振っている俺の隣りでジト目さんがポツリ。

「……そんな急には無理だよ。でも一人称は俺にしてるし……」

「……ううん、別にいい。…………むしろ——」

あ、そう？　別に責めてるわけじゃない感じ？

「あーぶ」

「——本当に危ないからやめて?!」

ターニャと喋っているると、構ってほしくなったのか急に体を反り返らせたモモちゃん。

慌てて抱え直して事無きを得た。

あーぶ?!

「あっぶな……で？　えーと……なんだったっけ？」

「……そう」

いや、それじゃ返事になってないから。

しかしターニャが再び口を開くことはなく、先に進めとばかりに見つめてくるので、仕方なく足を進めた。

と言っても大した距離ではないし、迷うようなものでもないが。

ここから東の方へ行けば……。

「あああぁ?! いたあああぁ！」

背後から響いてきた声に足を止める。

これも知っている声だ。

なんというか…………外見と違って、中身はまだまだ全然歳相応なんだよねぇ……。

三つ編みにした赤茶色の髪を肩から垂らす美少女が、俺とターニャの方へと駆け寄ってくる。

売店を横切っている途中で中から出てきたので、ターニャが来ていないかと聞き取りでも行っていたのだろう。

出るとこは出て、引っ込むところは引っ込むという、世の女性が羨むようなプロポーションの少女だ。

これで未だに成長期と言うのだから将来が末恐ろしい。

唯一の欠点と言えば、三年前から変わらない運動能力の低さぐらいだろうか？

ターニャが本気で逃げる気ならば捕まるようなことにはならない。

のんびりと待ち受けているので、そのつもりもないのだろう。

未だに半袖半パンの俺やターニャと違って、ロングスカート姿に髪留めという……オシャレにも目覚めた幼馴染だ。

「やあケニア。今日も元気だね？」

「もう！ すっごい探したんだから！ おばさん怒ってるからね！ こんにちは、レン！ あたしはいつでも元気よ！」

繋げて喋るから俺が怒られてるみたいじゃん。

「あーう」

ねえ？

「ああ⁈　モモ⁈　やっぱりターナーだったのね？　こら！　ターナー！　ダメじゃない勝手に連れ出したら！」

ケニアの体の主張が激しい一部分に手を伸ばすモモちゃん。

残念ながらご希望の品ではないと思う。

まだ出ないから、まだ。

……というか、時間的にお昼ご飯は食べたでしょ？　なんだかんだで似た者姉妹だよなぁ。

ガミガミとお説教を続けるケニアに、ターニャは――――タイミングを見計らってプイッと首を逸らした。

「なっ⁈　このッッッッ……！」

「落ち着いてケニア。からかわれてるだけだから」

「余計に悪いわよ⁈」

ああ、そりゃそうだ。

ただ逃げ出さないことといい、素直に連れられて帰る選択といい、ターニャも悪いことをしたという自覚はあるのだろう。

だから照れ隠しじゃないけど……単に知り合いに会って甘えてるだけなんだよ…………たぶん。

そっぽ向くターニャに、仕方ないとばかりに息を吐き出すケニア。

「……はぁ、もういいわ。早くおばさんのとこ戻って謝りましょう？　あたしも一緒に行ってあげるから」

「ぶっ、あー！」

「ほら、モモもこう言ってるじゃない？」

「ああ、モモちゃんもこう言ってることだしな」

「……これはレンから逃げられなくて不満なだけ」

「「そうなの？」」

赤ん坊が何を言いたいかなんて分かるもんなの？

思わずモモちゃんを見つめるが、俺の服を涎《よだれ》で汚すことに夢中な彼女の考えなんて分かるわけがなかった。

「……わかった、行く」

ターニャの宣言にわかれば宜しいとケニアが頷く。

まあ最初から行ってたわけなんですけどね？

三人、じゃなく四人で連れ立って歩き出してから直ぐ――そういえばと言わんばかりにケニアが声を上げた。

「レンは今日、用事があるんじゃなかったかしら？　……あ、もしかして暇になった？　だったら――」

ギクリと心臓がハネた。

続く言葉を吐かれる前に、思わず声を被せる。

「い、いや？　暇じゃないよ暇なわけないよそんなわけないよ。い、今、収穫作業の途中で……まだまだ半分も終わってないんだけど、ほら！　モ、モモちゃんが来ちゃったから……」

「そうなの？　もう～、ほんとにダメじゃないターナー？　レンの仕事の邪魔したら。……でもレンも仕事ばっかりしてちゃダメよ？　レンは昔っからそうだけど、真面目が過ぎるのよねー」

まあ、大人なので。

「んー、偶には息抜きも必要じゃない？　あたし、このあと――」

「あ！　そういえばターナー！　何か言い掛けてなかったっけ？」

させじ！　と更に声を被せてケニアの発言を遮る。

言わせてはならない…………何故って？　――――頭痛くなるからだ。

酸素足りなくなるからだ。

しかし話し掛けたのはいいが特に聞きたいことがあるわけではない。

ケニアに見えないようにターニャに必死のアイコンタクトを送る。

モモちゃんが真似して瞬きを繰り返す。

頼むよ天才、天災から俺を救って！

思いが通じたのかターニャがポツリ。

「……そういえば、話してなかった」

「……何を？」

こちらの意図を読み取ってくれたターニャの発言に、ケニアが疑問を呈す。

やや不満そうな顔だ。

一人仲間外れの様相が気に食わなかったのか――もしくは思惑通りに話を運べなかったことが不満なのか。

早く！　ケニアに今の話を忘れさせるような話題を！　出来るだけ早く！

……ところで話してなかったことってなんだろう？

俺も置いてけぼりです。

「……ケンカの理由」

ああ、そういえば聞いてなかったね？　散々愚痴は頂いたけど、殆ど聞き流してたから。

「そうなの？」

「……そう」

首を傾げるケニアに頷くターニャ。

ケンカが理由で家を飛び出してきたのなら、その内情を知ってもらいたいと思うのは当事者にとっては当たり前の思いだろう。

これこれこうなんだけど、私って間違ってないよねぇ？　――――的な？

しかしそこはターニャさん、気持ち優先というか、とにかく母親について喋りたいことを喋っていた。

畑作業の時に前屈みが過ぎて顔から突っ込むとか、スープを作る時に火を着け忘れて水に材料が浮かんでいただけとか、他にも似たようなエピソードを色々と…………ターニャの母ちゃんってドジっ娘なの？

聞いてて面白かったから「ケンカの理由……どれ？」とは突っ込まなかったけど。

どうやらその中のどれでもなかったらしい。

……なんだったんだよ、あの愚痴は。

呆れたような表情を浮かべるケニアに同意だ。

だからといって、今更知りたいとも思っていないのだが……。

「チャッチャッと話してあげなさいよ。レンも気になってるわよ？」

いや？

しかしこれでケニアが出そうとしている話題を有耶無耶に出来るというのなら！　と興味深そうなフリをする。

……まあ、ターニャにはバレているんだろうけど。

ケニアに促されたターニャが頷いてから口を開く。

「……お母さんが」

「やほーい！　ケーニアー！　ターーナーー！」

三度《みたび》掛けられた声に、結局ケンカの理由は分からず仕舞いだった。

……人の話を聞かない村だな、ほんと。

トレードマークだったアホ毛を失ったセミロングのアホが、能天気な笑みを浮かべながら手を振りつつ近付いてくる。

天真爛漫という言葉がよく似合う少女だった。

健康的な魅力とでも言えばいいのか、日焼けした肌にスラリとした肢体、人好きする笑顔は明るく、活発な雰囲気を漂わせている。

こちらは半袖にショートパンツという、如何《いか》にもな装いだ。

お外で遊ぶ勢の紅一点《こういってん》。

身長が俺を追い越してしまわれたアン様のご登場である。

大丈夫……俺の成長期はこれからだから……子供の頃の身長差なんて将来を彩るスパイスにすぎないから………ターニャにはまだギリ勝ってるから。

むしろ八歳という時点での背の高さは俺の方が上だからして？

アンは俺達の近くまで走り寄ると、その快活な笑みを――小悪魔的なものに変えた。

「おー、レンもいるじゃ〜ん。……小さくて見えなかったよ、キシシ」

こいつ！

身長を追い越したことが明らかになった辺りから、こいつは俺のイジり方を覚えてしまった。

どちらかと言えばイジられるキャラだっただけに、こんなちょっとした遣り取りが楽しいのだろう。

ハハハ、しかし俺も大人さ？　こんな安い挑発に乗ったりはしない………………こともない。

マジで覚えとけよ？　もう知らんからな？

男子に身長のイジりを入れたら戦争と決まってるんですよ、どこの世も！

乗らいでか！

「いや、今はモモちゃん抱えてるから。背筋を伸ばしたら今の倍は固いから」

「あたしもピンとしたら凄いよ！」

俺も前世との合算なら凄いよ？

「この前測った時から拳一個分は伸びたから。もうアンの方が低いから」

「そんなことあるわけないと思うけどなあー？　じゃあ比べてみる？」

「ハハハ、アンの目は節穴だなぁ。どっちが勝ってるかなんて比べるまでもないのに……」

「あ、また逃げるの？　逃げるんだ？」

時期を図ってるだけだわ?!　盗難の風を待ってんだよ！　誰か！　早く！　あいつから身長を奪って！　どこぞの三代目の方ぁ?!

「これは逃げてるわけじゃない。――戦略的撤退だ！」

よくある！

「畑作業ばっかやってるからそんなんになるんだよー。ずーっと腰曲げてるから………ちーび」

あ、こいつ勘弁ならねぇ。

「謝って！　全国の農作業者と俺に！　今すぐ謝って?!」

「アハハ！　怒った怒ったー、レーンが、怒った～」

おおお怒ってないしぃ?!　おおおおお前みたいな奴におおお怒るようなここ子供でもないしぃ?!

ヒラリヒラリと踊るように距離を取るアホ娘。

挑発してんのか？　そうなんだな？

ちょっとターニャ、モモちゃん預かってくれる？　なんで首を横に振るの？　なんでケニアは楽しそうに笑ってんの？

「あーぶ」

モモちゃん……今だけ、今だけでいいから手を離して、お願い？　さっきまで脱走しようとしてたじゃん？　なんで今は『離すもんか！』とばかりに踏ん張ってんの？　なんで服に噛み付いてんの？

……あー、これ踏ん張ってるのか、違う意味で。

「ターナー、モモちゃんトイレだ」

「……そう」

あれ？　土の魔晶石は？　替えのオムツは？　持ってるんでしょ？

しかしターニャは——よく見なくとも手ぶらで……そんなに長いこと妹を連れ出すつもりがなかったことが窺えた。

つまり謝るまでが予定調和ですね？

……意地っ張りめ。

トイレ宣言に慌て始めたのは実の姉以外の女子だった。

「え？　え？　トイレっておしっこなの?!　た、大変！　どうすればいいの?!　売店で借りる？　あたし借りてこようか?!」

落ち着けケニア、お前が借りてどうする、しかも物理的に持ってくるジェスチャーになってるから。

トイレ、取り外せねぇから。

「モモちゃんトイレ我慢してたの?!　ご、ごめんね？　ごめんね？　あ、ああたしそういうの分かんなくて?!」

自分が声を掛けて足を止めたせいかと焦るアンに、笑顔で首を振ってやる。

ギルティ、お前だけは許さない。

しかし子供のトイレに反応するようになったあたり、この二人も成長してるんだなぁ……。

小屋でテトラが散々してたじゃん。

まあ俺が素早く処理してたんだけど。

更に言うなら気を遣ってユノと二人で部屋の端っこの方で処理してたから、二人がイマイチ記憶にないのも仕方ないのだろう。

しかし二人が焦ったところで、換えのオムツが無いのなら処理のしようもない。

ここから自宅まで帰るのは面倒なので早いとこターニャの家に行くとしよう。

……もう誰も出てこないよね？　テッドとチャノスは、午後からの予定が決まってるし……。

いや……ユノあたりとか怖くないか？　なんかひょっこり出てくるイメージあるよな、あのお姉さん。

しかし俺の心配を余所に、その後は誰に声を掛けられることもなくターニャの家に着けた。

ターニャが、美人だけど胸は無い母親と親子の会話をしている間、何故か手慣れてしまったオムツの交換をすることになってしまったのはともかく。

…………結局こうなるんだよ、分かってた。

「あ、ふーん、へー？　レン、上手いね？」

「レンはテトラのオムツも換えてたじゃない。得意なのよ、きっと」

違うから。

必要に迫られて会得した技術だから。

キャイキャイとご機嫌なモモちゃんをあやしつつオムツを交換する俺の隣りで、キャイキャイと騒ぎながらそれを見届けるアンとケニア。

せめて「手伝おうか？」ぐらいあってもいいんじゃないの？

ちなみに、異世界のオムツ交換は物凄く簡単だ。

これが正解なのかは知らないが……土の魔晶石の欠片《かけら》を糞尿《ふんきょう》に掛けて土へと変えるだけである。

ただ尿には反応しないので濡れてしまったオムツを換える必要はあるが、臭いやその後の処理に困ることはない。

……ほんと、要所要所で便利だから困るよな、異世界。

俺が淡々と新しいオムツをモモちゃんに巻いていると、アンが思い出したとばかりにケニアへと顔を向けた。

「あ、ケニア今日来るんだったっけ？」

「うん、ちょっと見学にね」

「ケニアも参加すればいいのに」

「無茶言わないでよ。あたしじゃ相手にならないわ」

「そんなことないけどなー？　テッドもチャノスも、偶には違う相手としたいって言ってたし」

「アンがいるじゃない」

「あたしは結構参加してるもん。偶にじゃ……あ！　そだ。――――ねぇレン？」

ちょっとオムツ換えるのに忙しいから聞こえないなあ？

第4話

俺の幼馴染には女の子しかいない。

…………もうそんな異世界転生でいいじゃないか……。

むしろそっちがスタンダードな正解だと思うんだ……。

「ほらレン！　早く早く！」

「ちょっとアン、別に急がなくてもいいでしょ？　レンも畑作業があったから疲れてるのよ、きっと」

強制連行とでも言えばいいのか。

押しに弱いレライト君としては、幼馴染の女の子達に手を引かれるだけで、何処へなりと行かないわけにもいかないわけで……。

『疲れた』を理由にしたからか、両手に花よろしくアンとケニアに手を繋がれ……時折、歩みの遅い俺の背中を懸命に押してくれる。

遠回しな拒否を見せる俺の体が、年頃幼馴染の体に接触するのも……まあ如何ともし難い不可抗力だろう。

せっかく畑作業を理由に断っていたっていうのになぁ。

いや困った！

「……」

何かなターニャ？　そのジト目は。

「よう、レェン！　今日は両手に花だな！」

「こんにちは、オグノさん！　この前の魚美味しかったです！　ありがとうございました！」

「おうよ！」

通り掛かった売店で、知り合いのおじさんから誂《からか》い混じりに声を掛けられた。

おじさんの言葉通り、右手をアンに、左手をケニアに、遠足の小学生よろしく握られている。

グイグイと引っ張るアンとは対象的に、年下にはそうすると言わんばかりに丁寧に俺の歩みを促すケニア。

優しく背中を押しては、鈍りそうになる歩みに寄り添って歩いてくれる。

だからというわけではないけど……まあ接触は仕方ないわけで……うん、仕方ない。

ケニアに他意が無いのは、反対の手をターニャへと繋げていることで分かっている。

お姉さん風《かぜ》というやつだ。

むしろお姉さん風邪と言った方がいいのかもしれない。

行きたくないを表現する俺に反して、反対側に位置するターニャはブンブンと繋がれた手を振って嬉しさアピールをしているが…………あれ、アピールのフリして振り解きに掛かってませんかね？

風邪に掛かっているケニアが気付くことはないだろうけど……。

どの子もこの娘も思春期です。

昔からケニアはお姉さんぶった振る舞いが多かったんだけど、最近は特に多《酷》い。

早く大人になりたいという心情の表れなのだろうか？

アンは相変わらずアホなのに……。

一人早く行きたいとばかりに先頭を行くアホが、繋がれた上に伸び切った俺の手を見て、はたと気が付いた。

「あ！　あんまり強く引っ張ったら……背が伸びちゃう?!　……なのかな？」

アホが極まってやがる。

そこは伸ばさなくていいんだよ……背の話じゃなくてね？

ターニャの家から村の中央を通り抜け、教会がある西側へ向かう。

目指すは大きな木が生えている木壁の近くだ。

そこに目的の人物はいる。

「お、悪ガキ共。またぞろ悪さでもしに行くのか？」

あ、含めないでくれます？　自分違うんで。

教会の前を通り掛かると、そこを管理している神父のおじさんが出てきた。

ビックリしたアンが俺の後ろへと回る。

手を握ったままだったから、なんか腕キメられたみたいになってるんだけど……。

バキっていう効果音は何処から鳴ったのかな？　うん？

子供の頃から変わることのない人見知りを発揮するアンは置いといて、外面を覚えたケニアが声を上げる。

「神父さま、こんにちは」

「ああ、こんにちは。……というかケニア、神父様はやめてくれ……。俺はそんな上等なもんじゃない」

神父のおじさんは……見てくれが厳つい傭兵上がりだ。

顔の渋さも話し方も、とても聖職者には思えない。

神父というか神父《ブラザー》って感じだ。

しかも印象そのものといった過去を歩んでいるそうで、この村に来る前までは兵士として戦地を転々としていたらしい。

持っている魔法の特性上、ダメになった兵士を看取ることが多かったせいか、宗教にも詳しくなってしまい、引退を機に自分の出来る職業を探したところ……教会がピッタリという、なんともヘンテコな人生を歩んでいる神父様だ。

壮絶な経歴が強烈な背景となって神父のおじさんを彩っている。

性格は『誰に対しても平等』。

年寄りだろうが子供だろうが悪さをしたら拳で黙らせるという攻撃型。

しかも一切の説法を説かないという不良坊主具合。

村じゃ葉巻が似合うナンバーワン。

そりゃアンもチャノスもビビるよって話だ。

「あら、神父様は神父様よ？　実際に神父様なんだからそう呼ぶべきだわ」

正しいことを言っているとばかりに充分に栄養を蓄えている胸を張るケニア。

神父のおじさんはケニアの正論に対して、苦い薬を飲んだ時のような表情で何も言えなくなっている。

実は真面目な人間を苦手としているのかもしれない。

めっちゃ気が合う予感。

酒が飲めるようになったら、神父のおじさんの昔話を肴に一献《いっこん》お願いしたいところである。

将来の楽しみに期待しつつ、話は終わりとばかりに手を振って教会へと引っ込んでいく神父のおじさんに、軽く頭を下げて先を行く。

アン、もういいぞ…………もういい……もう……早く前来いや?! 痛いんだよ！

こちらは既に手を離しているというのに、ギリギリと関節を締め上げる幼馴染。

神父のおじさんがまだこっちを見ているとばかりに手には力が入っている。

「………ね、ねえねえ！ 見てない？ こっち見てない？ か、確認してよ～……」

思ってたよ。

「ないない。だから手を離してよアン……」

折れちゃうよ～……。

「ほんと？ ほんとのほんと？」

ほんとほんと。

ほんとに折れる。

そんなアンを見兼ねたケニアが、ここぞとばかりにお姉さん風を吹かせてくる。

「もう！ アンは相変わらずバートンさんが苦手なのね。神父様なのよ？ 怖い人じゃないわ」

「き、嫌いじゃないんだけど……怖くない？ 神父のおじさん……」

「……怖くない」

ターニャの場合は少し怖がった方がいいよ？

こちとら何度角材暴走について説教されたと思ってんだ。

あれで次に会った時は嫌な顔しないってんだから、人間が出来てる。

さすがは神父様だよ。

ジト目さんをジト目で見ていると、ケニアがやれやれとばかりに続ける。

「そのうち聖句を習いに行くかもしれないんだから、怖がらないようにしなくちゃ。どのみち成人の儀式は教会でやるのよ？　今からそんな調子でどうするの」

「……ケ、ケニアから教われば良くない？　セイク……」

「儀式は？」

「ケニアが……」

そりゃもうシスターやん。

「無理言わないで、あたしはシスターじゃないんだから」

「……うう。……レェ～～ン」

まだ関節キメられてるからね？　そろそろ泣きたいのはこっちだからね？

俺の肩にデコを引っ付けてグリグリとする様は、本当に嫌だという気配が漂っている。

これには幼馴染一同鼻白む。

……………いやー、昔からドゥブル爺さんと神父のおじさんが苦手なのは分かっていたけど、まさかここまでとは。

ドゥブル爺さんの方がよくなったから、怖いのが神父のおじさんに集中してるのかもなぁ。

あんまりなアンの態度に、ターニャが珍しくも声を掛ける。

「……怖くない」

「……なくないよぉ……怖いものは怖いんだよ〜」

ヤダヤダと俺の肩をグリグリ。

関節がキリキリ。

テッドやチャノスや俺には、厳しいというか馬鹿な小学生男子に対するような冷たさを発揮するのがターニャの常なのだが……幼馴染女子には割と優しい。

神父のおじさんに怒られている原因が主に自分だと分かってるからなのかな？

ちなみに慰めになってないからね、それ。

「怖い」言うてもうてるのに「怖くない」返しても意味ないわい。

仕方ないと抱き着かれたままアンを連行する。

……傍目から見たら連行されてるのは俺なんですけどね？

心情的にもね？

アンが落ち着くようにとアンの背中に手を添えていたケニアが口を開く。

「ほら、顔上げて。着いたわよ」

……着いちゃったかぁ。

文字通り連行されて――テッドとチャノスが待つ、西側の木壁へとやって来た。

「違うって！　力を入れるんじゃなくて、こう……擦り合わせるんだよ。で、飛び出た火花を……………こうだ！」

「……絶対に時間の無駄だろ。火の魔晶石か着火の魔道具を持ち歩いた方が効率的さ」

「師匠が覚えろって言ってんだからやるんだよ！　それにそんな金あったら装備に回したほうがいいだろ」

「いや、着火の魔道具ぐらいなら持っててもいいだろ？　大した値段じゃないし、時間短縮にもなる」

「……うーん……でも駆け出しが魔道具なんて持ってたら狙われないか？」

「それは…………使わない時はギルドに預けておく……とかにすれば」

「もう持ち歩いてねえじゃん」

試行錯誤しながら焚《た》き火を起こそうとしている幼馴染の男子が二人。

顔を突き合わせながら、あーだこーだと言い合っている。

念の為になのか近くにある桶には水が汲んであった。

そんな様子を見たアンとケニアが嬉しそうな笑みを零す。

「やっほー！　来たよー！」

元気を貰ったとばかりに復活したアンが、早々に声を上げて手を振る。

じゃあ俺は帰るよー？

「おー。……あれ？　レンじゃん！　なんだよ収穫終わったのかよ！」

キメられていた関節を解放されたので、てっきり帰っていいものだとばかり思っていた俺に、テッドの言葉が突き刺さる。

「いや……」

「ちょっと様子見に来たの！　息抜きよ、息抜き！」

俺にとっての息抜きって畑作業だから。

当人がいるというのに言葉を被せるのはお節介お姉さんだ。

そんなことを思っていると、ケニアが笑顔で同意を求めてきた。

「――ね？　そうでしょ、レン」

「あ、はい」

……ケニアお姉さんは迫力が出てきたなぁ。

美人は可愛い系より綺麗系の方が圧があると思う。

そういうつもりが無くても思わず返事しちゃうもの……。

空気を読んで参加することにした、幼馴染男子による冒険者修行。

……まあ今日はマシな方だろう。

どうやらキャンプ作業をしているらしい。

地面に散らばっている随分と年季の入った道具一式は、師匠さんに借りているようだ。

寝袋、肩掛け鞄、鍋、薪と枯れ枝、ロープ、エトセトラエトセトラ……。

……これ、とりあえずぶち撒《ま》けただけだろ？　火熾《ひおこ》しも出来ていないようだし……。

というか火熾し機を使えばいいのに……便利だよ？　あれ。

嵩《かさ》張るけど。

テッドが手にしている火打ち石と金属片は手の平サイズだ。

携行性を重視しているのだろう。

そんな、同年代の部屋の散らかり具合を観察するように辺りを見回していると……アンが何でもないことのように言う。

「今日は打ち合いはしないの？」

アホが余計なことを。

勢いよく返すのは、幼馴染一の鉄砲玉だ。

「する！　けど、今はこれだな。打ち合いは午前中もしたし、そもそもチャノスがへばったから」

「俺はへばってないぞ！　テッドに効率的に動けって言ってるだけだ！　ぶっ通しでやるより、間にコレをやっておけば効率がいいって話だったろ?!」

「ああ、それそれ」

「ふーん。なんかチャノス、凄いねぇ」

「……テッドがバカなだけさ」

とは言いつつも満更ではない様子のチャノス。

いつもの遣り取りなのか、バカと呼ばれても気にすることなく手にした火打ち石を再びイジり始めるテッド。

そのテッドを囲むように皆が集まる。

「……どうするの？」

珍しいことに強く興味を示したのはターニャだった。

「火を起こすんだ。野営するときに必要だからな。出来るようになっておいて損はないだろ？」

……まあ、俺には必要ないかもだけど！」

「バカテッド。そんなに簡単に魔法が使えるようになるわけないだろ？　属性が『火』だったからって浮かれるなよ」

「チャノスだって『俺に水筒は必要ない』って言ってたじゃん？　まだ魔法の修行も始めてないのにさ」

「かもしれない、だ。かもしれない。ちゃんと聞いてろよ」

わーわー言いながらも、手にした石と金属を擦り合わせて薪に火を着けようとする子供達。

会話の内容はあれだが、前世で言うところの花火をする前の雰囲気に酷似《こくじ》している。

……というか、なんだ？　もしかして全員『火熾し』をしたことがないのか？

割とご家庭で見る機会があると思うんだけど……。

……いや？　子供に火なんて使わせないか？

俺の両親も、最初の頃はピッタリと張り付いて見張っていた気もするな……。

なんとか記憶を辿ろうとするも、テッドの上げる声に中断される。

「ダメだ！　着かない！　……おっかしいなー？」

「ちっちゃい火は出てるのにね？」

「そういえばケニア、最近料理が出来るようになったって言ってなかったか？」

「料理の時に火を扱ったことはあるんだけど……火熾し自体はお父さんにしてもらってたから」

「……次、やってもいい？」

「待った！　もうちょっとやらせてくれ！」

ガツガツと火打ち石と金属片を擦り合わせて火花を飛ばすテッド。

火花の先には――薪がある。

いや、着くわけねぇだろ。

散らばったキャンプ用品一式を見渡してみれば、ちゃんと藁《わら》や紙の切れ端なんかの燃えやすい素材も見つかった。

答えは用意されているようだけど……。

これは教えるべきなのか？　それとも自分で気付かせるようなテストなのか？

チラリと散らばっている道具を見る。

必死になっている幼馴染達には悪いが……俺には他の道具の方が興味深い。

リストバンドみたいな道具や、細長いストローが付いた筒なんかが気になった。

……どういう時に使うんだろう？

「レェーン、触ってもいいけど壊すなよー。下手に触って爆発……とかはしないか」

「するわけないだろ？　師匠のだぞ？　最初から俺のじゃないから触るなって言っとけよ」

テッドとチャノスの誂《からか》いに、伸ばし掛けていた手を引っ込める。

いつぞやの爆発が頭に蘇《よみがえ》ったためだ。

トラウマものですよ。

また山火事にでもされたら堪らない。

俺が生み出せる水は、バケツ三杯分が精々なのだから。

それでも観察するのは自由だろうと、珍しげに見知らぬ道具を色んな角度から眺めていると……

背中からアンの声が響いてきた。

「あ、レンなら出来るんじゃない？」

いい事思い付いたと言わんばかりのアホ。

きっと根拠は無いんだろうなぁ。

次いでチャノスの声が響く。

「出来るのか？」

「知らない」

振り返ると、アンが首を振るのを見てチャノスが絶句していた。

許してあげて、アホなんだ。

それにヤレヤレとばかりにテッドが折衷案を述べる。

「目の前にいるんだから聞いてみればいいだろ？　――レン！　これに火って着けれるか？」

テッドが足元の薪を指差している。

……まあ、それで話が早く済むっていうんなら。

ドゥブル爺さんも、まさか火熾しで躓《つまず》いてるとは思ってないだろうし。

◇

テッドとチャノスとついでにアンが、ドゥブル爺さんに弟子入りしたのは、二年ぐらい前のことだ。

ドゥブル爺さんの雰囲気が柔らかくなってからである。

……気付くのに一年近く掛かっているのは置いといて。

アンがドゥブル爺さんを平気になった理由っていうのは……なんとなくだそうだ。

野生の獣《小動物》みたいな奴なので、俺がドゥブル爺さんから感じとった弱々しさのようなものを、アンも感じるようになったのかもしれない。

実際に、ドゥブル爺さんの衰えは年々と増しているように思える。

水汲みや薪割りを代わりにやってあげることも増えた。

そういう時に『ありがとう』という言葉をよく口にするので、他の村人にもドゥブル爺さんが柔らかくなったように見えているのではないだろうか。

……いやドゥブル爺さんって礼節はハッキリしてたから、昔からちゃんとお礼の言葉は口にしてたんだけども。

その回数が多くなったので、そう見られ易くなったというのは………あるんだろうなぁ。

ドゥブル爺さんの歳を聞いたことはないが、他の爺さん婆さんよりも高齢も高齢だということは知っている。

おそらくは村の最高齢だろう。

誰も達したことのない老境にいることは間違いない。

その境地に何を思ったのかは知らないが、ここが好機とばかりに気持ち真っ直ぐなテッドが勢いのままに弟子入りを申し込み——あまつさえ受け入れられたということには驚いた。

これには本気で驚いた。

どっちにもだ。

冒険者に憧れるというのは、なんだかんだでこの世界の男の子のスタンダード。

前世で言うのなら、有名配信者や芸能人に憧れるようなものである。

それでもなかなか『入口』に立つのには勇気がいることだろう。

それをなんら躊躇なくこなすということは……本気の表れと取ってもいいと思う。

……まさか本気だったとは。

エノクとマッシの例もある。

そんな二人すら、今じゃ立派に村の一員として働いてるわけだし……だからいずれはテッドやチャノスも家業を継ぐもんだとばかり……。

アンはアホなのでテッドに全面的に同意するのはともかく、チャノスも弟子入りしたのは意外だった。

チャノスの究極の目的はお金持ちになることだ。

そこに偉大さは関係ない。

冒険者も手段の一つとして考えてはいたんだろうけど……まさか家業を捨ててまで冒険者になろうとしているなんて思ってもみなかった。

……………もしかして自分では気付いてないとかじゃないよね？

もしくは若いうちだけ冒険者をやるつもりとかなんだろうか？

幼馴染達の将来設計が謎過ぎる。

……畑継いだ方が安定してると思うんだけどなぁ。

これも前の世界の記憶が尾を引いているが故の俺独自の考え方なのかねぇ？　周りはそれにあまり違和感を覚えてないのがまたなんとも……。

「おー！　着いた着いた！」

「なるほど。いきなり薪からじゃなく徐々に燃やす物を大きくしていくんだな？　よし、もう覚えた。次は出来る」

――――そんな冒険者志望共は、俺が着けた小さな火に興奮している。

ご家庭では誰しもが行う朝の習いである。

こいつらが冒険者かあ……。

……これに不安を覚える俺って変なの？　ねえ、変なの？

思わず視線を向けてしまったターニャに、分かっているとばかりに頷きを返された。

「……次、わたし」

違う、そうじゃねぇ。

「ちゃんと消してからじゃないと危ないわよ！」

そうだけど、そうじゃねぇ。

「えへへ、お芋持ってきて良かった」

論外。

あとアホ、お芋はそんなところに仕舞うんじゃありません。

ほら、チャノスもビックリしてるじゃん。

……俺もだけど。

通りで意外と固いんだなって…………いや、なんでもないです。

アンの取り出したのは極普通のジャガイモだ。

……ただしこの世界での。

ジャガイモはジャガイモなんだけど……平べったいうえに毒性がないという優れもの。

でもその形状のせいか、俺は皮剥きが面倒だと思ってしまう。

そのままザク切りにして揚げたらフライドポテトが出来上がりそうなものなのだが、ふかしたり焼いたりがこの村のメイン。

取り出したジャガイモを、これまた取り出した串に刺して焼き始めるアンを、テッドが羨ましそうに呟く。

「いいなー。……一個だけか？」

「皆の分もあるよ！」

「さすがはアンだな！　賢い！」

「えへへー」

お前ら飯食っただろ？

しかし成長期の子供に食事について注意することほど無意味なものはない。

俺も貰お。

それぞれがアンから芋と串を受け取って焼き芋を始める。

チャノスが芋を受け取る時に若干挙動不審っぽい動きだったけど…………それは仕方がないことだと思う。

そうだね？　この芋を隠していた場所が場所だもんね？

男の子だから。

俺も前の世界だったら危なかった。

持って帰って飾っていたままである。

異世界とまだ子供の体に感謝だな、あぶねー。

暑さも感じなくなって久しい季節なので、焚き火を囲って芋を焼くという風景が妙にマッチして思えた。

とても田舎暮らしっぽい。

……いつもこんな誘いだったら断ったりしないのになぁ。

しかしいいのかな？　目の前の食欲に囚《とら》われすぎていて。

ワイワイと楽しそうな幼馴染達に冷水を浴びせるのもどうかと思ったので黙っているが……。
確か今――

「……芋を焼いているのか？」


――修行中なのでは？

テッドとチャノスが固まるのを余所に、俺達は掛けられた声に顔を上げた。

大木の向こうからやって来たのは村唯一の魔法使い。

ドゥブル爺さんだ。

しっかりとした足取りと勘違いされやすい厳《いかめ》しい顔付きは健在で、しかし取っ付きやすくなった雰囲気がそれを中和している。

今の掛け声なんかもそうだろう。

前だったらムッツリとただ眺めるだけに留まっていた筈だ。

幼馴染達の反応が、今のドゥブル爺さんのそれぞれに対するポジションを表している。

「こんにちは！」

「こんにちはー」

しっかりと声を出して挨拶を交わすアンとケニア。

目を合わせて頭を下げる俺とターニャ。

こちらの返事に対して軽く手を上げて応えるドゥブル爺さん。

まさに近所に住むお爺さんとの交流。

敬意や畏怖は常にあるのだが、会話を交わしやすくなったな、とは思う。

そんなドゥブル爺さんを見て、汗を掻《か》いているのは二人だけ。

焚き火に芋を当てて固まってしまったテッドとチャノスだ。

今が修行中なのだと思い出したのだろう。

「……ちょっと待ってろ」

こちらの様子を確認すると、今来た道を戻り始めるドゥブル爺さん。

充分に離れたところで、テッドとチャノスが息を吹き返す。

「…………ふぅ〜〜〜〜〜〜、焦ったぁ」

「…………いや、師匠怒ってなかったか？」

「え、そう？」

「そんな感じしなかったわよ？」

悪さを見咎《みとが》められた子供っぷりを発揮しているのが幼馴染男子で、それに平然と切り返しているのが幼馴染女子だ。

なんだか感慨深いものを感じるなぁ。

イタズラがマズいことだと理解し始めたテッドとチャノス、度胸が付き始めたアンにケニア。

それが昔とは真逆の反応を生んでいて面白い。

参ったと言わんばかりに俯いているテッドが呟く。

「芋はマジぃよな、芋は……」

「まだ食べてないよ？」

「そりゃ食ってはないけどさ……」

「どうするテッド？　……直ぐに謝りに行っとくか？」

「お芋食べてからにしなさいよ。せっかく焼いてるんだし」

「焼き立てが美味しいよ！　あ、冷めてもそれはそれで美味しいよ！」

「い、いや、そういう話じゃないだろ？」

「……もういい？」

「まだよターナー。しっかり焼かなきゃ中が固いままなのよ」

「そうそう！　お料理習った時に教えてもらったんだぁ。そんなの知らなかったよねぇ？」

いやほんと、成長が会話に表れてるなぁ。

特にターニャ。

昔なら問答無用で齧《かじ》っていたところだろう。

天才キャラなのか無口キャラなのか知らないが、食欲には正直なのだ。

ふと見上げれば大木の上の方には赤い実が生っている。

……あれを角材で落とすべく奮闘していた誰かさんがいたらしいんですよ。

…………落ちたら死ぬんじゃない？

誰が言ったか、天才となんとやらは紙一重。

至言だと思うよ。

思わず昔を懐かしんでいたら、食いしん坊ジト目が鋭くも問い掛けてくる。

「……なに？」

「いや……お芋が美味しそうだなぁ、ってね？」

「そうかな？　えへへ」

アホが食いついてくれたので聡《さと》い子に心を読まれずに済んだ。

台所からチョロまかしたんだと自慢げに話すアンに、今だけは笑顔で応え……なんだって？

アンのお母さんは、確かうちの母を強化したような肝っ玉母ちゃんだった気がするんだが……。

ふと芋の数を確認する。

幼馴染が食いっぱぐれないようにという配慮なのか、ちゃんと人数分確保してある。

……どう考えてもバレるやろ。

後で説教詰めにあって泣かされるとも知らずに笑っている幼馴染にどう伝えたものか……。

……収穫した大根を差し入れてやろうな。

夕食のおかずが一品減らなきゃいいけど。

そろそろ芋も焼けようというところで、ドゥブル爺さんが戻ってきた。

なんだかんだと焼く作業を続けていたテッドとチャノスは逃げられない。

食材を無駄にしないための教育なのか……ただの食い意地なのか……。

アタフタとする二人を眺める。

知ってるか？　大魔王様からは逃げられないんだぜ。

「……これを掛けて食うといい」

しかしドゥブル爺さんがくれたのはお叱りの言葉なんかじゃなく、小瓶に詰めた………塩だった。

相変わらずの良い人っぷりである。

こっちの世界の食材は……なんというか旨みが強く、調味料無しでも美味しいと思えるのだが、あったらあったで美味しい。

なのでありがたく頂こう。

貰った塩を芋に掛けて手渡しで幼馴染達に回していると、ドゥブル爺さんが輪に加わってきた。

その様子に怒られることはないと判断したのか、テッドとチャノスも安堵している。

「ハハ……野営の練習にちょうどええ。肉が無いのは残念だがの」

イタズラが成功したような笑顔を浮かべるドゥブル爺さん。

こういう茶目っ気が昔との違いだろうか？

……いや、突然夜に薪持って来てたりとかしてたから、割と地のような気もするけど。

「もう焚き火はバッチリだぜ！」

「野営中は他にどんな作業がありますか？」

勢い込むのは男弟子二人。

もう一人の女弟子は塩加減の方が重要そうである。

「焦ることはない。一つ一つで良い……」

「でもまだ時間あるし……」

「次に何するかだけ聞いててもいいですか？」

含蓄《がんちく》のある言葉に、しかし冒険者になることに貪欲な二人が喰らいつく。

若者特有の押しに負けたというわけではないんだろうけど――なんの前触れもなく、ドゥブル爺さんが爆弾を投下した。

「次は……そろそろ魔法でも教えておくか……」

ターニャ以外の幼馴染達の驚き声が辺りに響き渡った。

――俺も含めて。

……魔法って、もうちょっと勿体《もったい》ぶって教えるもんなんじゃないの？

その考え方は他の幼馴染達でもそうだったらしく、ターニャ以外はドゥブル爺さんの言葉に酷く驚いていた。

長く厳しい修行の末に――というのが俺達の共通見解で、『こんな今日の晩飯を告げるように教えてくれるなんて思ってもみなかったところだろう。

魔法の希少さって実際どんなもんなんだか……。

そもそもテッド達がした弟子入りというのは『冒険者ドゥブル』に対してであって『魔法使いドゥブル』に対してではない。

テッドとしては魔法を教えてもらう気ではいたようだが、聞いていた魔法使いの徒弟制度はとても厳しいものなので、とりあえず「冒険者の先輩として冒険者の知識を教えてもらおう！」とは幼馴染会議のあとに本人が言っていたことだ。

つまり『あわよくば』狙い。

テッドの考え方に似つかわしくないのでチャノス辺りの提案だろう。

テッドは魔法を覚えることに意欲的だったので、魔法使いとしての修行でも構わなさそうに見えたけど……『厳しい』と言われる魔法の訓練を嫌ったチャノスが、冒険者という言葉を使って巧みにテッドを誘導した結果だと思う。

幼馴染間の話し合いを経て弟子入りを申し込んだテッド。

それがまさかの大成功。

やはり『冒険者の師匠として』というのが大きかった、と俺達は考えていた。

『魔法使い』ではなく。

だってそうじゃない？

軽々に教えられるもんでもないだろうし。

内容が内容なだけに、本来ならお金に変えられない価値がある。

千人に一人の才能なのだから。

それでも属性の判別をしてもらっているのを見た時は、上手いことやったもんだなと感心していたのに……。

ドゥブル爺さん的に魔法っていうのは晩飯の献立レベルなのか？

そんな師匠の最初の修行というのは――『基礎体力をつけろ』という至極全うなものだった。

一年みっちり……付き合わされたよ。

ドゥブル爺さんの冒険者修行は恐ろしく機能的なもので……。

それぞれの限界値を、それと知らせずに測ったドゥブル爺さんは月々の体力測定みたいなことを始めた。

冒険者修行の初めての課題は、その値の毎月の更新だった。

それ以外は特に大きな制約もなく……割と自由に体力作りや筋トレをさせてもらえるストレスフリーな弟子環境で、遊びの延長みたいな楽しさもあった。

属性の判別や基礎体力値の公開など、ドゥブル爺さんは弟子のやる気を見事に操作してみせた。

毎月の更新も、成長期にあって伸びない理由がなく、テッド達はなんなくクリアしていった。

それは自信を深める結果になっただろう。

特に楽しそうだったのがアンだった。

意外に思っていたのだが、体を動かすことに関しては楽しさが勝るようで……どうやらドゥブル爺さんの修行は性に合ったのか自身の成長具合を思うさま面白がっている節があった。

……付き合わされる身としては楽しくもなんともないんですけどね、ええ。

時間も距離も決めず延々と走らされるのは拷問《ごうもん》って言わない？　ねえ、言わない？　何が楽しいの？　ねえ！

才能なのか何なのか、無尽蔵とも言える体力を発揮するアンに、同年代のテッドやチャノスですら付いていけない有り様だった。

しかし一人で走るのは寂しいからと、生け贄に差し出される人間の気持ちも分かってほしい。

吐き気もマシマシで足が折れるんじゃないかって意識を繋ぎ止めてる年下男子を周回遅れに抜き去って「早く早くぅ！」だと？

全然嬉しくないんだが？

異世界っておかしい。

そんな俺だけトラウマが残るドゥブル爺さんの修行だったが、収穫が無いわけでもない。

己の持つ属性の判別方法が明らかになったのは大きな収穫だろう。

走る喜びに目覚めたアホに延々と付き合わされてぶっ倒れていた時に、テッドがドゥブル爺さんに魔法の才能があるかどうかを判別してもらったのだ。

最初は何をやっているのか分からなかったけど……。

とりあえず酸素しか求めていなかったので。

後々になってそれが属性の判別をしていたと分かった。

テッドの背中に手を置いたドゥブル爺さんが、厳しい表情を更に厳しくして集中し始めると――

あの紫のオーロラが、ドゥブル爺さんの手を伝ってテッドに纏《まと》わりつき始めたのだ。

激しく噎《む》せたよね？　それはそう。

それが他人の属性を判別する方法なんだそうな。

と言っても、それで分かる属性は本人の資質に左右されるらしく……。

ドゥブル爺さんが判別出来る属性は『火』と『水』なんだとか。

基本的に自身が使える魔法の属性は判別が出来るらしい。

ドゥブル爺さん水魔法使えんの?!

そう思ったのは俺だけじゃなかったようで、自身の属性が『水』だと伝えられたチャノスが興奮しきりに、珍しく「水魔法を見せてほしい！」と無理を承知でお願いしていた。

しかしドゥブル爺さんとしては無理でもなんでもなかったのか安々と承諾。

生み出されたコップ一杯の水は、やけに噎せていた年下の男の子に授与された。

属性の判別を受けたのは当時の九歳組で、俺とターニャとテトラは遠慮した。

ターニャが断わってくれたことで、俺も断わりやすくなったのが幸いだろう。

テトラを除くと『俺だけ』と浮くこともなく自然に『年下だから』という空気にしてくれたのだ。

あの時は冷や汗が濁流だったのを覚えている……いやあれは強制的にマラソンに付き合わされたせいでもあるけども。

結果として、『火』属性をテッドが、『水』属性をチャノスが、それぞれ得ていると判明した。

身のこなしナンバーワンのアンといい、それぞれがそれぞれの自信に繋がるようなものを得ることが出来たおかげで特筆して揉めることもなく、二年目から教えられている冒険者としての知識の取得にも真面目に取り組んでいる冒険者ガチ勢。

非常に順調である。

……いやほんと順調じゃない？　あいつら冒険者になっちゃうよ？

なんせ三人中二人が十人の壁を突破していたと判明したのだ。

ちなみにケニアも属性の判別を受けたのだが、結果は残念ながら『火』と『水』ではないというものだった。

アンは自分の属性が分からないことに残念そうだったが、アンと違ってケニアは全く残念そうじゃなかった。

まあ大抵の人間に属性は無いのだから、九割の方だと判別されたところで……という考え方でもあったのだろう。

テトラやターニャに至っては興味も無さそうだったし……。

…………ま、『魔法』が使えるかどうかの瀬戸際……なんだけど？

これが前世持ちだったら誰もが自分の属性の有無を気にする筈である。

既に使えるから使えなかった時の気持ちはもう分からないけど……結構必死こいて教えを請うた未来はあっただろう。

それがこれだもん……。

漫画やアニメに興味ない女の子がオタクに対する態度のようだ。

価値観の違いに挫けそうだった。

そんな幼馴染達だったが、いざ魔法を教えると聞かされると、さすがに衝撃が強かったのか、驚愕を隠せないでいる。

今や注目は芋ではなく爺さんの言葉に集まっていた。

「い、いつからですか⁈　師匠！」

師匠呼びが定着し始めたテッドが興奮しきりに立ち上がる。

「今からでもいいが……」

「今から⁈」

チャノスが口にしていた芋をポロリと零した。

……………きゅ、急展開が過ぎる。

窮地の対応に自信の無い俺は、ピンチに適性がある幼馴染を思わずと横目で確認した。

チャノスの落とした芋を拾おうとしていたので自然と腕を掴んで止めてしまったよ？

やめるんだ、そいつはもう救えない。

普段めちゃくちゃ頭の良さそうな言動するくせに、なんで食べる時だけ歳相応なんだよ……やめろ、三秒ルールなんてねぇよ。

それどころじゃないでしょ？

「す、凄い！　凄いよ！　これでテッドとチャノスも魔法使いになれるの⁈」

「え？　あ？　うん……魔法？　うん……凄いね……けど……あれ？　魔法使い？　それって？」

喜び強めのアンと困惑強めのケニアがとても対象的だ。

ま、まあ？　魔法の修行を受けるのは、属性がハッキリしているテッドとチャノスだけだろうし、俺には関係がないことだから慌てる必要もないんだけど……。

既に魔法が使える俺が魔法の修行とか、何が起こるやら分からないからなぁ……。

ここに来て多属性魔法バレとかいらないから。

そんな内心を落ち着かせようとしている八歳児に、ドゥブル師匠は無惨にも告げる。

「落ち着け、そう心配せんでも……昨日今日学び始めたからと直ぐに使えるってもんでもない。そうだの…………まずは魔力の使い方……いや理解から始めるか。それなら属性は無くとも覚えられるじゃろ。皆がな」

み、皆？　ってことは俺も含まれるのかな？

……まあ言葉の内容的には座学っぽいから、それほど魔法バレの危険は無いようだけど……。

流れで『魔法を使ってみよう』とかにはならないよね？

格闘技を習う時だって最初に対人戦を経験させてから——なんてことにはならないもんね？

『異世界だから』とかはマジでやめてね？

第5話

この世界の常識は、またもや俺を裏切った。

「まずは魔力を感じることから始めるか」

ひぃ！

木陰に移動しての魔法講義と相成った。

焚き火を消して、二列に並んで…………こういう時ばかり素早く行動する幼馴染達。

お前らさぁ……。

前列には待ちきれないと言わんばかりの弟子勢が、しかし大人しく拝聴する姿勢で無駄口を叩くことなく座っている。

何処のご子息ご息女かな？　少なくとも見たことない行儀の良さである。

アンに至っては私語をしないようになのか、手で口を塞いでいる始末だ。

後列には、未だに芋を頬張る同い年と、ここが空いてるからと真ん中に座らせてくるお姉さん委員長。

おかげさまでしっかりと挟まれて帰るタイミングを逃した前世で言うところの魔法使いも一人。

興味がない…………とは言わないけどさあ。

ハッキリした魔法の話なんて、村にあって雲を掴むような話《もの》なのだし。

しかも魔法使い当人による直々の講義。

知識として、まず間違いのないものだと思われる。

……聞いてはみたい。

流れで属性の判別なんてされたら溜まったもんじゃないけれど…………しっかりとした知識は、それはそれとしてオタクの血が騒ぐのだ。

前世でなんて一定の年齢まで清ければ魔法が使えるなんて都市伝説もあったから……。

僅かな可能性に掛けて魔法を期待した中年は一人や二人じゃあるまい？

実際に使えるようになった実例もここにいるわけだし。

世界が違うけど。

それに、魔法の等級？　もしくは成長度合いも、目下気になるところではある。

また土壇場《どたんば》でバケツ三杯分の水に八つ当たり――――みたいな結果にならないとも限らない訳で……。

いやあれは魔法の奴が悪いよ、こっちゃ鼻の奥から血を流してまで頑張ってんのに残念《ハズレ》を引っ張ってくるんだから。

あれから三年…………実はあれ以来、魔法を使っていない。

ハッキリ言うと――――ちょっと怖いからだ。

神経をヤスリでガリガリと削られるような苦痛と、脳味噌を掻き回されるような頭痛が、軽いトラウマになっている。

吐き気を我慢して胃酸で喉を焼きながら捻《ひね》り出した魔法が……バケツ三杯だよ？

森林火災一歩手前に対して。

極限状態だからか『前の世界から赤い車を引っ張ってこれないかな？』なんて考えたりもしたなぁ……。

そんな消防車召喚出来るんなら火災消すぐらいの水出せるわ！　――とは今だから言えることだろう。

当時はヘロヘロで随分と思考能力が低下していたのだ、それも仕方ない帰結だったと思う。

だって水魔法にしてはちょっと過分なぐらいに魔力を練り込んだのだ。

それが大して魔力を使わない結果と同等で、更に瀕死の体に鞭を打たれるというのだから……。

ぶっちゃけ『水魔法とか嫌いだよね？』になっても仕方ないだろう。

魔法を使うに際しての懸念材料はまだある。

――――リスクだ。

自分で言うのもなんなのだが、ハイスペックだと思うこの能力。

多属性持ちなんて凄い！　……とは思う。

しかしいつの世もリターンにはリスクが付き物な訳で……。

この考えに至るまで、あまり魔法に関してのリスクを気にしてこなかったのは、反動が無いと知っていたからだ。

いや『思っていた』が正解だろう。

元々ゲーム脳なオタクだけあって、魔法なんて魔力が続く限り使えるもんだと思うじゃないですか？

そこに来て、あの不具合ですよ……。

これが魔法使いの普通なのか俺特有のものなのか……他にサンプルが無いのだから、自重《じちょう》は当然の結果だろう。

変な広告を踏んでしまって二度とそのサイトにアクセスしたくない気持ち、みたいな？

ぶっちゃけビビってるよね。

体に害はないのかな？　障害が残るとかないのかな？　実は寿命が減っているとかないのかな？

そんな不安というか、心配でいっぱい。

外傷は無かったけど……あれだけ具合が悪くなったのだから、中身の心配なんてあって当然だろう。

一番忘れたかった記憶……医者先生の「この影なんだろなぁ？」に匹敵するぐらいビビったよ、そりゃそうでしょ！

今の俺の中じゃ、魔法イコール爆弾みたいな図式になっている。

もしかして導火線に火を着けたり消したりしていたのでは――なんて考えるもんだから、もう一生使える気がしないよね？

しかし普段から魔法を使っている本物魔法使いによる正しい魔法講座となれば――

……超聞きたい……！

異世界ならではの危険がある昨今、頼りになる手札から泥を払えるというのなら……多少の魔法バレリスクも仕方ないと思える。

まあ上手く隠すけどね。

こちらには……何を思ったのか魔法――というか多属性持ちという事実を黙ってくれている協力者もいるのだから。

芋を喰《は》んでいる目隠れショートカットにチラリと視線を飛ばす。

アイコンタクトよろしく瞬きもかくやと高速でパチパチと瞼《まぶた》を開閉させていたら、手に付いた塩を舐めるのに夢中だったマイペース娘がようやくこちらに気付いてくれた。

……なんで『何かくれ』とばかりに手を突き出してくるんだろう？　お前、俺のナンもどきも食《おやっ》べたやろがい、忘れたか？

てかまだ食べるのかよ……もう『ごちそうさま』しときなさいよ。

俺が首を振ると仕方ないとばかりに突き出した手を挙手へと変えるターニャ。

その突然の行動にドキッとする。

な、何する気なの?!　やめて！　あとで俺の畑の大根あげるからあ！

しかし時既に遅く、挙手に気付いたドゥブル爺さんがターニャに問い掛けてくる。

「どうした？」

「……魔力って、なんですか？」

おお……！　いい質問じゃないか！　なんとなく不思議パワー的に思っていた魔力が、これで解明されるぞ！　お前、ただの食いしん坊じゃなかったんだな？

これに頷くと共にドゥブル爺さんが答え掛けた。

しかしドゥブル爺さんが答える前に、訳知り顔のテッドが横槍を入れてくる。

「バカだな、ターナー。魔力っていうのは……魔法になる力のことに決まってるだろ！　だから魔力！　こんなの当たり前じゃんか」

指を振る様がムカつく。

ちょっと黙っててくれる？

「……テッドの言い方はともかく、俺も魔力ってのは魔法に代えられる対価だと思ってる。自分の持ってる魔力で、魔法を買うんだ」

隣に座るチャノスまでもが注釈を入れてきた。

いいから、分かったから、そこに正解があるんだから、まずは聞こうや……なあ？　てめーら今まで大人しくしてたやないかい……わざとか？　うん？　もしかして分かってて俺をからかってんのか、ええ？

こちらの願いむなしく、テッドとチャノスがいつも通りの言い合いを始める。

「買うってなんだよ、買うって。魔法なんだから、使うが正解だろ？　ハハ、チャノスはバカだなぁ」

「お前にだけは言われたくないぞ！　分かりやすい説明だろうが！」

「そうか？」

「そうだよ！」

あー、結局いつものペースだよ?!

どうにかしてよドラ、ターナー?!　これじゃいつも通り、最終的には有耶無耶に──

そこで鶴の一言が響いた。

「あー、ケンカするな。……そうだな、まずは魔力の説明から始めるか。急ぐもんでもない」

分かってたよターナー！　君を信じてた！

師匠の前では猫を被ることが多いテッドにチャノスだったが、興奮していたせいか、それとも幼馴染が勢揃いしていたせいか、いつも通りのケンカ漫才を披露しかけたため、ドゥブル爺さんが仲裁する結果になった。

これで聞きたい話が聞けそうである。

しかも基礎から聞けるという垂涎《すいぜん》の展開。

「今です」と言わんばかり。

これが「魔力ってどう感じるんですか？」だったら、テッドやチャノスにも分からないことだけに黙って状況は推移しただろう。

恐らくは俺の意図を汲んでの質問だろうから、狙っての展開だった筈だ。

相変わらず未来を読めるとばかりに洞察力《どうさつりょく》が鋭いターニャに脱帽である。

頭おかしいんじゃない？

「師匠！　俺ので合ってますよね？」

元気良さげに手を上げるテッドに、やや嬉しそうな雰囲気で頷き返すドゥブル爺さん。

「そうだな……魔力というのは魔法に成り得る力、魔法へと代わる対価、どちらも的を得ている」

「ほらな？」

「どちらもって言ってるだろ？」

いいから聞けよ。

「だがそれだけではない………それだけじゃ足りまい。魔力というのは――全ての命に通じる力じゃ。寝て、起きて、生きて、死ぬまで、ワシらは魔力を使っとる。魔力がワシらを支えとる。生きるために必要な力、動くために必要な力………それらは全てが魔力から成る。そう……——ワシらは、魔力で動いとる」

それは——

………違うくない？

活力、体力、生命力、と呼ばれる力がある。

これらはハッキリと目に見えるものじゃないけれど、確かに存在《ある》すると認識されている。

——認識されていた……前の世界では。

食事をして、栄養素を取り込み、エネルギーを得て、人間は動いている。

科学が解き明かす人間の仕組みである。

その範囲は遺伝子にまで及び、寿命すら見通す程になった。

そんな科学万能の世界において『スタミナ』『体力』という呼ばれ方をする力は、しかし数値化もされていなければ目に見えるわけでもない。

しかし確かに言葉として存在していたのだ。

魔力の無い世界で。

魔力で体が動く？　魔力が体を支えている？

そんな訳がないと思う。

ぶっちゃけHPとMPを混同していると思う。

………それともこれも、俺がゲーム脳故に起きる勘違いなんだろうか？

結論。

ボケたか、爺？

疑問に思ったのは俺だけじゃないようで、真っ先に口を開いたのはアンだった。

「……お腹減ったら……魔力を………食べればいい？　ってことかな？」

直球過ぎるけど、的を得た発言だと思う。

アホは時に真実を突く。

体には栄養が必要で、それは魔力じゃ補えない。

……と、思うんだが。

「魔力は食べれるってことか！」

「そんなわけないだろ？」

得心を得たと言わんばかりのテッドを、チャノスが溜め息混じりに否定する。

そうなんだよなぁ……そんなこと考えもしなかったから実行したことなかったんだけど……もしかして魔力って食えんのか？

だとしたらまたしても異世界の『これじゃない……』感が増えちゃうよ。

しかしドゥブル爺さんは面白そうな顔でテッドの意見に頷いた。

「ワシには出来んが、偉大な魔法使いの中には存在するかもしれん」

「ほらぁ！」

「……本当ですか？」

疑いの眼差しを師匠に向けるチャノスだったが、これぱっかりは同感である。

霞を食って生きると言われている、どこぞの超人じゃあるまいし……。

いや待てよ？　つまりそういう寓話《おはなし》ってこと……なのか？

異世界におけるファンタジー、というか作り話、都市伝説、のようなもの……ってこと？

ザワザワと騒がしくなる幼馴染一同を見渡して、ドゥブル爺さんが愉快そうに続ける。

「さて、ここで一つ魔法にまつわる話をしよう。ワシら人は魔力によって動く。しかし魔力を見て、触り、取り込むという術を、本来は持っておらんかった。人が神たらん未熟な生命だからじゃ。……見兼ねた神々は、人を哀れに思うたのか、人に『食べる』という行為を許した――――それが魔法の始まりと言われておる」

ドゥブル爺さんが語る声に惹き込まれるかのように幼馴染一同が静かになる。

「……成人すれば読み上げられる教会の神話に、人の成り立ちが語られる。――『神にすれば小さな庭、人から見れば果てのない地平』に、ワシらは生まれた。争いが無く、憎しみが無く、ただ在ることを許された世界……乱されることのない精神と衰えることのない肉体が、完全に調和された場所だったという」

………なんだろう？　……神話、なんだよな？

つまりは作り話。

そう言われて納得した筈なのに、ドゥブル爺さんの語り方に、何か違和感を感じてしまう……。

魔力の成り立ちを神話に絡めて紐解いてるだけ……の筈。

「人の最初の過ちじゃ。『動きたい』と思うてしもうた。動かぬとも幸せで、動かぬとも生きられる命であったのに。人は神に願った。そして願いは聞き届けられ、人は『食べる』ことで体内に魔力を取り入れることが出来るようになった。命の力を得て、『動ける』ようになった。神の庭《楽園》を追われる理由を、自ら作ってしまった」

…………どこの世界にもあるんだなぁ、こういう話。

最終的には頭よくなる系の木の実を食べて追放されちゃうんでしょ？

「人は食べた、あらゆる物を。草木を食べ、実りを食べ、動物を食べ、そして――――楽園を食べ散らかした」

そ、それは予想外だなぁ。

悪食にも程がないかね？

まるでシロアリ。

恐ろしげにケニアが呟く。

「お、怒られるんじゃないかしら？」

「そう、神々はお怒りになられた……」

神じゃなくても怒るよね。

「神々は人を神の庭から追放し、罰を与えた。命の力に関する罰を」

よ。

「な、なんか怖くなってきたね？」

「ひ、引っ付くなよアン！」

「……お前ら静かに聞けよ」

前列は随分と楽しんでいるようだけど、俺の隣の子とかは起きてるかどうかも怪しくなってきた

腹が膨れたから寝るってか？　やめてターニャ、もたれ掛からないで、涎付けないで。

「……食べることで魔力を蓄え、魔力で体を動かしていた人を、魔力無しでは生きられぬ体へと変えたのじゃ。神々は言うた。『そんなに食いたければ永遠に食べよ』とな」

随分と人間味の強い神様だな。

まあ、それはどこの世界でもそうか。

日本神話なんか神様が人間よりも人間らしかったぐらいだもの。

「辛く過酷な世界へと放り出された人は、しかし幸運にも脅威に対する術も与えられた。それが魔法じゃ。魔力で『動く』体は、魔力を『使う』体に変わった。皮肉なことに、そのおかげとも言うべきか、本来なら備わっていない能力――――『魔法』を使える体になった……」

「神様ってのはバカなのか？」

「お、おいチャノス?!」

おいおいチャノス?!

テッドがチャノスを諌める声と俺の心の声がダブる。

その表情や語り口からして、信心深いように思えるお師匠様《ドゥブル爺さん》の前で何言うてんねん?! 廊下立たすぞお前!

しかしそんな幼馴染達の視線を浴びようと、普段の皮肉屋ぶりを発揮するチャノスは不満気だ。

「だってそうだろ? 罰を与えるつもりが人間に武器を与えてるじゃないか? 楽園を食われたことといい、ちょっとバカなのは間違いなくないか?」

ど、どしたん、チャノス?! お腹痛いんか?! 早退しとくぅ?!

これに肝を冷やしたのは俺だけじゃない筈だ。

現に皆黙ってしまった。

一人は寝てるだけだけど。

「ふふふ」

しかしドゥブル爺さんから漏れた笑い声に、最悪の事態ではないようだと、それぞれが息を吐く。

まさに大人の対応をするドゥブル爺さん。

お、俺だってそうしたけどね? ああそうしたとも……小生意気なクソガキをギャフンと泣かせ
——笑顔で流したさ、勿論。

「……なんか間違ってますか、師匠」

不満を持続させるチャノスにドゥブル爺さんは鷹揚な頷きを返す。

「いーや……そう、そうだな……しかしそれは、魔力というものを知らんからそう言える。魔力の本質を知らんからそう言える。魔法は、罰の副産物に過ぎん……もしくは神々の慈悲か。

「………問題なのは魔力が『魔法を使えば減る』ということにある」

これに応える声が俺の隣りから上がった。

「……魔力が減ることが、罰になった？」

ターニャさん……起きてんならもたれ掛かるのやめてくれる？

「そうじゃ。なかなかに鋭い。――ワシらの体には常に魔力が流れておる。食べ物を食べ、ゆっくりと眠ることでそれらを吸収、維持しておるが……魔力が減るにつれ死へと近づくことになる」

死ぬという言葉にアンが怯えを見せる。

「し、死んじゃうの？　ま、魔力が無くなると?!」

いや、そんなわけ――

しかし俺の思いとは裏腹に、ドゥブル爺さんは頷きを返してアンの言葉を肯定した。

「完全な消失は、その者の終わりを告げる。……しかし大抵の人間はそこまでいかん。魔力というのは流るる命、その根源でもある。元の魔力量から掛け離れれば掛け離れる程に――その身に罰が宿るのだ」

どうにか理解しようと頭を捻っているテッドがチャノスの袖を引く。

「えと……つまり、なんだ？　どういうことだ、チャノス？」

「あー……つまり、死ぬ前に苦しくなる……ってことなんじゃないか？」

………なんか聞いたことある話だな？

冷や汗と共に三年前の状態異常がフラッシュバック。

確かあれも魔力が減ることで酷くなると結論した気がする。

己が身を襲った不調。

その原因がハッキリした。

「自分の持つ最大魔力量が半分を割ると、体に魔力が不足している故の異常が起き始める。自らが感じうる、ありとあらゆる苦痛に見舞われることじゃろう。これはどんな強大な魔力を誇ろうとも起こる摂理――――神が与えし罰と呼ばれておる」

神様かどうかはともかくとして……。

なるほど。

なんか水分量的な限界があるわけですね？

それこそ人の出血量に限界があるように――

なんでそういうところばかりリアリティー持たせるんですか？　この世界は……。

自身の総魔力量が五割を割れば体に異常を来たし、三割を下回る頃にはハッキリとした魔力不足に苦しみ、一割を切れば意識を失う――――それが体に流れる魔力の仕組み。

…………だ、そうなのだが……。
・・・・・・・・
そんな筈なくないか？

しかし実際にそうなったこともあるわけで……。

あれぇ～？

もはや首を傾げるぐらいしかやれることがない。

『人間の体は魔力で動いている』、これについては違うと分かっている。

魔力を空想の産物とした前世でも、動いている人類がいたのだから、そこに魔力の有無が関係ないのは明らかだろう。

しかし自身が持っている魔力が減ることによって、体に何らかの影響を及ぼす可能性はあるかもしれない。

そこに信心を絡めて連綿と伝えられているのだとすれば……ドゥブル爺さんの説明にも納得がいく。

『魔力が減ると苦しい、魔力が無くなると死ぬ、神話通りだ、人は魔力で動いている』といったところか……。

深く考えずとも言い伝え通りなのだから疑問も生まれにくかった筈だ。

前世で言うところの天動説然り。

しかしこれは目に見えているものが真実とは限らない稀有な一例でもある。

確かに苦しかった。

ぶっちゃけ死にそうだった。
・・・・
でも動けた。

酷い船酔い……あるいはキツい二日酔いの上で、風邪を引いているような……。

あの時の体力の消耗やダメージを考えると……そこまで危惧する程かな？　とは思わないでもな

い。

いや、もう一回やれと言われれば御免被るのだが……。

でも――

致し方ない……それこそ命の危険が迫っているのなら、やってやれないことはないと思う。

躊躇するレベルなのだ。

しかしドゥブル爺さんの話す総魔力量の低下のリスクは、それを越えんばかりに聞こえてくる。

……御伽噺に絡めているだけあって、教訓を植え付けようと話を盛ってるのかな？

そう思えば頷けなくもない。

既に大人としての記憶を持つ自分でも辛いとは思う程にキツかったから。

しかしだからこそ『おや？』と思うところもある。

どうにも気になってしょうがない部分だ。

それは――


体から魔力が無くなれば死ぬというところである。


これは絶対に違うと言える。

魔力は……たとえ体の中から無くなったところで死にはしない。

絶対だ。

何故ならと言うと――何度となく経験があるからだ。

しかも何百回……いや！　下手をすれば何千回もだろうか。

事の起こりは、この世界に生まれ落ちた時まで遡る。

生まれたばかりであった頃の俺は……前世を引き摺っているだけあって荒れに荒れていた。

物に当たり、親に当たり、泣き喚き、暴れ散らす――なんての当たり前。

挙げ句の果てには人前で粗相すらする始末。

まるで赤ん坊のようだった。

世の不条理と自由の利かぬ我が身の様を嘆いていたのだが、その時に魔力を放出するという遊びを見つけた。

初めて見た紫のオーロラは随分と綺麗で、異なる世界にあって落ち込む俺の心を癒やしてくれた。

体外に放出すると一瞬だけ紫のカーテンを生み出す魔力。

見たこともないファンタジーな産物だけあって、他に出来ることもなかった俺は喜々として魔力を捨てていた《無駄に放出していた》。

実は危機としてだったみたいだけど……。

ドゥブル爺さんのお話が本当だったならね！

当時は……ナイアガラじゃー！　爆流じゃー！　ふへへー！　善《よ》き哉《かな》善き哉ー！　なんて心の中で叫んでは全力で吐き出していたと思う。

不満や不安と共に。

だってそうだろう？

いきなり訳も分からず赤ん坊にされて、上手く動かず喋れず……不安にならない奴の方がおかしい。

魔力の奔流は本当に綺麗だったので、一瞬だけだが現状を忘れることが出来たし…………出した後は何故か急激に眠くなるので睡眠薬代わりになって便利だった……。

よもやこれが一割を切ると気を失うという状態異常の正体なんだろうか？

……いや、でも、死んではないよなぁ……いや死んだからこそ転生したんだけども。

更に言うなら赤ん坊の頃は不調に陥ったこともない。

とにかく、魔力の減少による苦痛とやらも、無くなれば命を失うといったことも無かったのだ。

一瞬で消費したから苦しさが追い付くことなく気絶した……なんてこともあるのだろうか？

だとしたら凄く危ない遊びである。

徐々に増えていく魔力《水》量と爽快感もあって中毒者並みに続けていたんだけど……止めれて良かったなぁ。

なんで止めたんだっけ？

ああ、そうだ。

母さんが必要以上に泣き喚く俺を、諦めることなく随分と甲斐甲斐しく世話する姿を見て……いつまでも現実逃避《遊んで》しているわけにはいかないと止めたんだった。

仮に体への影響が年々大きくなる類いの症状なのだとしたら、時期的には最良のタイミングだったのでは？

今となってはそう思う。

あれが確か三つぐらいの頃だったから……冒険者事変《毛玉》から数えると二年。

その間に、魔力の体への影響が大きく進化したのだろう。

……………いや、もしかすると変化したのは体の方なのでは？

成長期、という言葉がある。

体に追加される機能……それは生殖のためであったり未熟な身体機能を補うためであったりと様々だ。

しかし変化するということがハッキリと分かっている。

少なくとも俺にとっては確かな事実だ。

子供と大人の差異が、ただデカくなるだけなんて思ってそうな村人とは違い、積み上げてきた科学が俺にはある。

それに照らし合わせて考えると……。

魔力には、その根源となる器官が存在するのかもしれない。

魔力を精製する臓器のようなものが存在していて、成長と共に安全弁が設置されるとしたら
…………どうだろう？

あ、なんかめちゃくちゃ正解《合ってる》している気がする。

ピンとキタ。

そうなると途端に喋りたくなるのが人の性。

マウントの取り合いは、もはや本能なのだ。

有識者ぶって浅い知識をドヤるのが我々。

ああ！　この仮説を誰かに聞かせたい！　ちょっとした発見を自慢したい！　出来ればターニャさん以外で！

ターニャはダメだ。

ターニャだったらこの発見から更にとんでもないものを見つけ出しそうだから逆に恐ろしい。

それでなくともリアクションしてくれないし。

正気に返されて落ち込むまであるよ。

出来ればある程度同じ立場の人とかがいいなあ。

ちょうどいい転生したての誰かがそこらに転がってないものか……。

ここでそれがモモちゃんというフラグは無い。

彼女、オムツ処理嫌がってないからね。

憤激《ふんげき》して暴れ回っていた俺と違って……。

さすがに精神が大人で異性のオムツ処理をなんとも思わないことはないだろう。

……大丈夫だからトイレに行かせてくれと何度泣き叫んだことか…………その後の『あ、オーロラ……キレイ』は仕方のないことだと思う。

精神は壊れたら治らないんだよ?!

赤ん坊だから赤ん坊だから赤ん坊だから！　逃げちゃダメだ！　って言い聞かせてた。

今となっては良い（？）思い出さ。

一人、魔力講義を辞して畑へと戻ってきた。

……畑仕事が言い訳にも使えて俺の中で魔法に並ぶ勢いだ。

畑作業は考え事にもいい。

人参《にんじん》っぽい何かを収穫しながらだとドゥブル爺さんの話を纏めるのに持ってこいだ。

なかなか面白い話だったけど、前の世界の知識がある身としては『神様の罰だから』という理由は宗教としか思えない。

科学的に考えれば魔力発生臓器説が最有力だろう。

何が神様か。

ふへっ、と鼻で笑いながら人参っぽい何かの山を積み上げていく。

まあ、だからと言って検証したりとかはしないんですけどね。

体を切り刻んで該当する臓器を探すなんてグロ過ぎるうえに痛過ぎるし、かといって魔力を全放出してみようなんて研究者度胸みたいなものもない。

使い過ぎに注意、これだけ分かってればいい。

しかしチャノスの親父が偽冒険者に向かって怒鳴り散らしてた理由も、今なら分からんでもないと思う。

そんな危険があるとはなぁ。

魔法を覚えれるのは、才能を持つ人間の更に十分の一。

なるほどねぇ。

今、テッドとチャノスは魔力を感じるために瞑想とやらを行っている。

なんかちゃんとした修行でちょっとビックリした。

放出される魔力に晒されて「どうだ！　魔力を感じるか?!」的なことで覚醒とはいかないようだ。

さすが千人に一人である。

しかも貴族がほぼほぼ魔法使いだというのだから、庶民出の魔法使いなんて更に確率が下がるわけで……。

………そりゃ魔晶石買った方が早いよ。

今になってようやく村の魔法的な常識に俺の認識が追い付いてきた。

己の中の結論と最後の収穫物が同時に見えてきたところで――――またも服を引っ張られた。

誰だ？

幼馴染は全員、魔法に至る道に夢中の筈……。

例外としたら爆睡娘ぐらいだろう。

「ター……」

「レー」

振り返ろうとする俺の鼓膜を福音が柔らかく覆った。

振り返れば天使。

なるほど、異世界だわ。

「レー、おはよー」

可愛いから問題ないな。

今がお昼過ぎだとか、誰も呼ばない俺の本名だとか、ここが畑の中だとか、なんなら魔力が体に及ぼす影響でさえ、どうでもいいじゃないか。

可愛いから。

可愛いは正義だから。

おじさん、お金稼げるようになったら思わず通帳ごと差し出しちゃうぞ？

振り返った先には——俺の服を軽く摘まんでいる天使《テトラ》がいた。

……天国やったんや、ここ天国やったんや！

生前良い奴やったもんなぁ、俺……うん、異論はないね？　反論する奴がいないもんな？

テトラは俺と目が合うと、嬉しそうにはにかんだような笑みを浮かべた。

成長したと言っても、テトラの身長は当時のターニャよりも少し低い。

しかし身長と共に伸びたストロベリーブロンドの髪は地に着きそうな程で、変わることのない瞳の色すら深みが増したようにも思える。

それも成長を実感しているからだろう。

肌寒さを感じる季節だからか、長袖とロングスカートの上から更に色付きの上着を着ているテトラ。

未だ低い身長と相まって動きにくそうではあるが爆可愛い。

村長の奥さんナイスチョイス。

まだそこまでの寒さでもないのに重ね着が厚いのは愛されている証拠だろう。

村長宅も意外と親バカが揃ってるよなぁ、ハハハハハ。

テッド？　誰それ？　新しい移民？

伸ばしてくる手を握ってやりながら、膝を曲げてテトラに視線を合わせて言う。

「レライトだよ、レライト。テトラ、俺の名前は――」

「レー！」

「レーでもいいな、うん」

霊《れい》みたいなもんだもんな、うん。

肯定されたのが嬉しかったのかしがみついてくるテトラを受け止める。

確かな重さがテトラの成長をより実感させる。

……うわぁ、大きくなったなぁ……大きくなってるんだなぁ……もし前の人生で子供が居たのなら、やはり自分の子供にも同じような感慨を抱いたのだろうか？

これなら若くして子持ちになった後輩が、新年毎に送り付けてきた幸せのお裾分けという名の娘の成長記録にも頷ける。

まあうちの娘の方が億倍可愛いけどね。

残念だったね。

スマホの待ち受けは娘、寝返り喋った笑った歩いた泣いたと、それはもう仕事にならないレベルの親バカっぷりだったが……それも今なら受け入れられる………かもしれない。

だって可愛い。

受け止めたテトラが出す「キャー」という高い声も、なんだったら録音して一日に二十時間ぐらい聞いていていたいまである。

俺は後輩と違って配慮が残っているからこそ大丈夫だが……これが世に言うパパさんなら二十四時間テトラの声で潰れていただろう。

これは世に出せない。

だからずっと嫁に行かなくていい。

「わーい、レーだー」

誰が電波探知機やねん。

そんないつもの挨拶を交わし終えた後も、嬉しさが表情から溢れているテトラは俺の手を握ったまま微笑んでいる。

せっかちが多い幼馴染達の中にあって、割とのんびり屋なのがこの娘だろう。

マイペースが代名詞のジト目さんとは違い、テトラは基本的にゆっくり物事を考える。

ニコニコしながら立ち竦んでいるのは、決してこの後のことを考えていないからじゃない。

しかし天使様から口を開かせるのも不敬だろうと、いつものように水を向ける。

「それで？　今日はどうした？」

「今日も、あそびにー」

エヘへと笑うテトラに絆《ほだ》されそうになってしまう。

最近テッドの頭を悩ませる要因の一つがコレだ。

テトラは同年代の子供と遊ばないのだ。

別に嫌っているわけでも、侮《あなど》っているわけでもない。

ただただ遊ばない。

これは非常にデリケートな問題だ。

親が知り合いだからといって、その子供と友達付き合いするかどうかは別——という状況に似ていると言えば似ている。

ぶっちゃけ親は関係なく波長が合えば友達になったりならなかったりするのが子供社会である。

なんなら交流皆無なクラスメートの親と自分の親が仲が良いことに『なんであいつの親と?』と子供同士の評価で首を傾げるまであるだろう。

前の世界の学校でならそう。

柵《しがらみ》、付き合い、なんとなく。

出会いはどうであれ、後に長続きするかどうかは、本人の性格や環境によるところが大きい。

しかしここにあるのは村社会。

しかもド田舎ド辺境。

より閉鎖的な空間にあって人付き合いしないというのはあまりに思わしくない。

だって将来からして付き合っていくのは確定している。

それが同じ年代となれば尚の事。

たとえば俺とテッドみたいなさ……ねえ？　いえジト目さんに他意は無いですよ、勿論……ええ勿論。

しかしテトラにしてみれば、そういう感情とは無縁に思える。

……………別に嫌っているわけじゃないんだよなぁ、同年代の子供を。

試しに同じ空間に放り込んでみたら仲良くするし、なんなら向こうの緊張を解いていたままである。

しかし長く続かず……というか時偶会う親戚の子供のような対応に留まり、普段からの遊び相手は俺達のような年上に限るというのだから……。

兄貴が心配するのも仕方ない。

テッドだけならまだブラコンで済んだのだが、遊び相手は常に俺達というところで……どう見ても同年代の子供グループに友達意識が向いていないことが分かる。

自然と価値観が似通うのが同年代、その近辺である。

これは別に世界が変わったところで似たようなもの。

放っておけば自然と遊ぶようにもなると思うのだが……。

今のところテトラが遊び相手に選ぶのは俺達……もしくはエノク達。

どうしようねぇ？　ほんと……。

「レー、あそぼ？」

可愛いから良いじゃんねぇ？　別に。

よーし、お兄さんが遊んであげちゃうぞー！　仕事？　いいのいいの終わったからテトラが気にすることないから。

そんな不安があることにはあるが『テトラはまだ五歳だから……』と先送り。

可愛さが悪いな、いや悪くないな。

ニコニコと笑うテトラに手を引かれるがまま畑を後にする。

随分とご機嫌なのは、久しぶりに俺と遊べるからだと思いたい。

最近は収穫に収穫祭の準備に……なんならこれを機に同じ歳の子供と遊ぶようにと策略するテッドの思惑に乗って忙しくしていたから。

さすがに妹の将来を心配する兄の一案とあっては断りづらかった。

まあそれも畑作業が一段落するまでだったが……。

歳の近い友達って出来たのかな？

……俺の作業が終わるのを見計らって遊びに来ている時点でお察しな気もするけど。

テッド程ではないが僅かな心配もあって、俺はテトラに悪い虫、もとい友達が出来たかどうかを探るために口を開いた。

「テトラ、最近忙しくて構ってやれなかったけど……俺と遊んでない間は誰と遊んでたんだ？」

「みんなー」

そっかー、みんなかぁ。

これは……テッドが心配するまでもなかったのでは？

昨今の村事情でテトラと遊べる相手と言えば、この村には同じ歳の子供ぐらいしかいないし。

作戦、上手くいってそうだぞ？

となると……気にするのは別のことのようだな……。

一切の表情と様子を変えることなく続ける。

「テトラは可愛いからなー。さぞ人気があることだろう。うんうん。皆とは友達になったのか？」

「うん、ともだちー」

うんうんそっかそっか友達か。

「そいつ男か？」

「ナイショー」

ちぃ。

その柔らかい雰囲気とは裏腹に、テトラは意外と口が固く、情報の引き出しに失敗してしまった。

………近々ガキ共には分不相応な望みを抱かないように教育しなきゃいけないかもなぁ……。

それが幸せなんだって教えてあげなきゃ。

どう伝えるのが効果的だろう？

どうしよう？　今度ターニャにでも相談してみるかな。

棚引《たなび》くように形を変える雲の下で、のんびりとそんなことを考えながら、テトラに付いて歩いていった。

◇

おままごとだったよ。

何がとは言わないが……キッツいなぁ。

この歳で再び赤ちゃん役かぁ……。

おそらくは料理を教わっているという幼馴染共に影響されたのだろう。

クズ野菜が入った水、という名のスープを飲まされてターニャの愚痴が身に沁みた一日だった。

泥団子の方はフリでも良かったことが幸いだろう。

幸せって辛いと似てるよね……。

嬉しそうなテトラがスープをもう一杯と勧めるのだから仕方ない。

赤ん坊だからとか、既に何杯も飲んでいるとか……些細な問題なのだ!

野菜を齧って水を飲んだと思えばどうにかなる——とでも思っていた女の子の手料理経験値ゼロな俺が馬鹿だったのだ。

別にそれだけ。

『何か混じっているのでは?』と思わずにはいられない味だったなぁ、とかそんなことではない。

何も、ながっだ……!

そう言っておくのが男の子の仕事なのだ。

うーん、うーん、お腹……お腹が痛いよう……うーん。

一夜明けて。

再びお腹が痛くなるということもなく、頑丈に産んでくれた両親に感謝しつつ、テッド家の畑を手伝いに来た。

そろそろ収穫祭の時期が近付いている。

会場となる畑の収穫がまだだというのなら、これを手伝わないという道理は無い。

それも自分の家の収穫が終わっていればこその話だけど。

持ちつ持たれつが農作業。

というか村社会。

こういうお手伝いは割と頻繁に交わされている。

代わりと言ってはなんだが、昼ご飯を受け持ってくれたり、別の作業のお手伝いに入ったりと、その報酬は様々である。

報酬っていうか役得っていうか、別にきちんと定めているわけじゃないんだけどね。

注意しないと薪運びが地獄行きに変わるぐらいだよ。

集合場所で、同じく手伝いに来ていた人達と挨拶を交わしていると、後ろから知り合いの声が響いた。

「よう、レン！　手伝ってくれんのか？」

「おはよう、テッド。自分の所が終わったからね」

「レー、おはよ！」

畑の前に集まっていた人集りから、手袋を嵌めたテッドとテトラが出てきた。

さすがに自家の畑ともなれば作業を手伝うのだろう。

しかし手袋かぁ……こういう装備の差に貧富が表れてるよなぁ。

無ければ無いで問題ない、そもそも買うのが勿体ない、となるのが一般家庭。

これは他の幼馴染の面々でも同じである。

例外は俺の目の前にいる二人ぐらいだろう。

チャノスの家にも畑はあるのだが、村で一番小さく、そもそもチャノスの母親が個人的にやっているだけなので、そんなに農具は充実していないそうだ。

チャノスは畑作業やらないしね。

個人の小さな畑ともなれば、たとえ裕福でも装備は整えたりはしない。

元々は商家なのでそれも仕方ないと思う。

珍しくテッドにテトラがいたことで他にも来ていないものかと周りを見渡してみるが、他の幼馴染を見つけることは出来なかった。

どうやら今日はこの面子だけらしい。

エノクがマッシに追い掛けられているけど……朝から元気だなぁ、ぐらいにしか思わない。

特に始まりの合図を交わすようなこともなく……既に見知った他人《ひと》の畑とばかりに、これ以上増えないと見るや三々五々と散っていく。

俺も『乗るしかない、このビッグウェーブに』と動き出したところでテッドが近付いてきた。

ニヤニヤしながら小声で話し掛けてくる。

「……やったなレン！　今日の昼は鶏肉をタレで焼いた料理が出るんだ。当たりだぞ！」

「ほんと？　いやぁ、今日は参加して正解だったなぁ」

え、焼き鳥？　お肉？

うわ、焼き鳥かぁ……何年ぶりだろ？

どうりでテッドの機嫌が良い筈だ。

いつもは最初の挨拶がてら愚痴から入るのに。

『やりたくない』を全身で表現するのに。

ニヤニヤと笑みを交わしながら畑に入る。

区分を決めるなんてことはしないが、手を付けられていない畝の方へと歩いていく。

自分の所が終われば他の人の、終わらなければ他の人が自分の、互いに手伝い合うので心配はない。

「じゃあ俺は……赤根《ニンジン》の畝から行くわ。レンはどうする？」

「そんじゃ隣から」

「テーはレーと一緒」

うおっと。

いつの間にか付いて来ていたテトラが俺の服の裾《すそ》を掴んではニコニコとしている。

困った顔をしているのはテッドだ。

「テトラ……自分のことテーって言うなって、いつも言ってるだろ？　わたしだ、わたし。もしくはテトラだ。わかるか？」

最近一人称が固まってきたよな？　前は「わわし」とか「あわし」って言ってたけど。

恐らくは自分の名前呼びを始めたテトラに困惑しているのだろう。

俺は前世の経験からして、そういう娘もいるのだと知っているのだが……テッドはテトラの独特な感性に昨今の事情も加味して心配頻《しき》りである。

村にいないタイプだもんな。

当たり前だろう！　天使なんだよ天使！　テトラちゃんは天使!!

見て分かれ！

注意を受けたというのにニコニコと嬉しそうな表情のテトラ。

元気に手を上げて応えている。

「あい！　にちゃ」

「……兄ちゃんな」

テトラ？　テトラ？　俺は『ニチャ』でもいいよ？　よよよ呼んでみようか？　いいい一回！

一回でいいから！　ちょっとだけだから?!

「テー、とあ！」

「……うん」

微妙な表情のテッド。

ゆっくりならハッキリ発音出来るんだけどな？　おいおい慣れていくんじゃない？

反抗的なわけでもなく素直なテトラに、どう教育していいのか分からないとばかりのテッドが微笑ましい。

反面教師じゃないんだけど、そのおかげなのかテッドがしっかりしてきているのがまた笑いを誘う。

今も兄貴風を吹かせてテトラに注意を促している。

「……レンの邪魔しちゃダメだぞ？」

「あい」

力強く頷く妹を見て不安そうな兄。

昔のテッドを見ているようだ。

笑顔で「わかった」って言っといて、やっちゃダメなことやるんだよ。

今度はその苦労を我が身をもって知ることだろう。

大丈夫大丈夫、大丈夫だテッド。

テトラは大丈夫だよ。

お互い見えてないってだけでよく似てるのさ。

世の中って上手く巡ってるよなぁ。

しかしテトラは行儀良くお手伝いに邁進した。

畝を崩して収穫のサポートに徹してくれたので、一段と楽に作業が進んだ。

案ずるより産むが易しってやつかな？

割としっかりしている。

むしろ兄よりしっかりしている。

テッドが心配したようなことは何もなく一連の収穫を終えた。

保存や加工はまた別の作業となるので、俺達の手伝いはここまでである。

昼ご飯を食べていけと言う村長の誘いを一も二もなく受けて畑から上がる――

すると今まではちょこちょことくっついて来ていたテトラが畑に残っていることに気付いた。

「あれ？　なんで？」

「いや、うーん？　たぶん……」

思わず漏れた声にテッドが答える。

悩ましげな表情のテッドが足早に畑に戻るのを追い掛け、俺もテトラの様子を見に行った。

テトラは直ぐに見つかった。

テトラは収穫した野菜の……ヘタの部分を毟《むし》っていた。

「……なんだろう？　あれもお手伝いの一環……とか？」

「いや……最近ああやって使わない部分を集めてんだ。何に使ってるのかは分かんねぇんだけど……」

テッドの疑問に封印していた記憶が甦り、独特な味わいが口の中に広がった。

説明を口にするのも苦い……。

「いや、それは……あれだよ……おままごと、っていうか……」

「ままごと？　ままごとに野菜の捨てる部分なんて使うのか？」

リアリティーを追求したおままごとだからね。

リアルに食えって言われるからね……。

「……料理のつもりなんじゃないかな？　たぶん……」

「ああ、そういえば最近アン達も習ってるって言ってたな。……は？　あれを出すのか？　ままごとに？　まさか……?!」

お察しの通りである。

「お、俺を誘ったりしないよな？　嫌だぜ、俺ぇ……」

ああ、嫌だったぜ、俺ぇ……。

テトラは嬉しそうに野菜の使われない部分を――袋に詰めている。

それはもうせっせと。

手に持ててるだけとか、ポケットに詰め込めるだけとか――ではない。

袋にパンパンだ。

それはもう一人ぐらいなら殺れる量だろう。

「……そうか、ままごとだったのか……毎回あれぐらい掻き集めるんだよなぁ。どんな奴が食う設定なんだろなぁ……設定だよな？　食わせたのまた使えばいいのに。一々捨ててんのかな？」

あれを毎回……?!

……いや待てぇ?

前回の食事量は割と普通だったように思う。

少なくとも――あの量が出てきたことはない。

テッドは勘違いしているようだが、実際に食わされたこっちとしては本当に食わせるままごとなのは疑いない。

つまり消費されているのだ。

あの量が。

……一体誰の腹に収まるんだろうか?

もしや友人疑惑が持ち上がるテトラの新しいお友達の誰かにだろうか?

だとしたら「テトラちゃんと遊ぶのは、ちょっと……」となるのも時間の問題かもしれない。

いやでも、テトラだって嫌がる子供にあの量の野菜のいらない部分を食わせたりはしない……よね?

せっせとクズ野菜を袋に詰めているテトラが、どこか昔のテッドにダブって見えたのは…………きっと疲れているからだろう。

……そう思いたい、不穏が見え隠れする秋の午後だった。

第6話

更に一夜明けて。

うちの畑の収穫が終わっているので、例年通りに行くのなら近隣の畑の手伝いに参加する――といったところなのだが……。

親に行き先も告げずにフラフラとやってきたのは、テッドの家だ。

収穫の手伝いに来たわけじゃない。

かといって、テッドの修行に付き合うほど暇でもない。

強いて言うなら……テトラのご機嫌伺い、とでも言おうか。

やはりどうにも気になるのだ。

大量のクズ野菜の行方が。

テトラには少しばかり早いとは思うのだが、ちゃんとした調理方法や……せめて味見の必然性ぐらいは説いておいた方がいいのかもしれない。

あれをテトラと似たような歳の子供に食わせるつもりなら尚の事だろう。

なんでもかんでも「……お、美味しいよ」とコメントしたことに対する責任とでも言いましょうか……ええ。

昨今のテトラの反応からして、新しいお友達が出来たというのはもはや確定事項に近いと考えている。

口は固かったのだが、『ナイショ』って言ってる時点で既に……ねぇ？

そしてそいつが気のいい奴だったとしても、胃腸には限界があり……なにより万が一そのことが原因で離れて行かれでもしたら……うぅむ、天使の顔を曇らせかねない。

ああ、俺がちゃんとおままごとの限度を教えなかったばっかりに……！

ということで。

そんな危険を未然に防ぐべく、防犯パトロールのおじさんばりに行動することを決意した。

決して五歳児を追い掛ける怪しい中年が爆誕したわけではない。

……僕子供なので？

それは妹の成長を陰ながら見守る兄と言っても過言ではないだろう。

完璧に自己を正当化しつつ村長宅へと声を掛ける。

「すいませーん、テッドいますかー？」

うちと違って両開きの扉をノックする。

村長宅だけあって使用人がいるテッドの家。

といっても、そこまで厳格なものではなく、世話焼きのおじさんおばさんが在中しているような感じだ。

「うーい」

軽い返事と共に——中からではなく外、家の横合いから使用人さんが出てきた。

当然ながら顔見知りである。

部屋着姿に泥で汚れた手足からして、どうやら収穫物の加工でもしていたのだろうと予想出来た。

「おーう、レンかぁ？　珍しいな、家の方に来るとかよ。約束でもあったかよ？」

めっちゃアポ無しの突撃ですが何か？

ちなみにテトラの名前じゃなくテッドの名前を出したのは、将を得るために馬を射殺さんとしただけである。

ちょっとした疚《やま》しさから咄嗟《とっさ》に歳の近い男の子の名前が出たわけではない。

断じてない。

大丈夫だから、ちょっとだけだから。

使用人さんの問い掛けにパタパタと手を振って否定しながら答える。

「約束とかはしてないいんですけど……ちょっと気になったので……」

妹さんが。

「はっはっは！　レンも男ん子だなぁ？　……あれだろ？　魔法だろ？　坊が一昨日から遮二無二《しゃにむに》メイソーってのしててよ。隙がありゃ廊下でも始めるから旦那が困り顔してるのよ。くっくっ……いや何が面白いってよ？　お嬢が目ぇ閉じてる坊の頭に皿とか載っけるのよ。これが傑作でなぁ？　あっはっはっは！」

思い出し笑いに膝を叩いているおじさんだ。

なにそれ超見たい。

テトラが頑張ってプルプルしながらお皿を載っけてるんでしょ？　んで、載っかったら嬉しそうに笑うんでしょ？

円盤で発売されませんかね？

ダース単位で購入しますが？

懐に手を突っ込んで財布なんてそもそも持ってないことに気付いて正気に返る。

おっと危ない！　……ふぅ、危うく我を忘れるところだった。

いかんいかん、気を引き締めねば。

笑っている使用人のおじさんに続く言葉を投げ掛ける。

「それで？　テッドって今いますか？」

「朝も早くから出掛けたよ。商家の坊と待ち合わせだとさ。いつもんとこよ」

そうか、全く興味ないな。

「そうですか……あ、テトラも連れてったんですかね？」

「お嬢？　いや？　まあ昔はしょっちゅう引っ張り回してあちこち一緒になって回ってたけどよぉ、最近はとんと見ねぇなぁ。妹離れってやつかねぇ？　お嬢も昔は…………レンを探しちゃ泣き喚いてたな。通りで平気そうな面してるわな」

そうだね、家に持って帰ろうとすると嬉しそうにしてたもんね。

そもそもテトラは兄離れするほどテッドにくっついても無かったしなぁ。

構われること自体は嬉しそうだし、兄妹仲も悪くはなさそうだけど……。

将来的には分からない。

二人とも頑固だけどテトラが素直な分、親の対応とかが違ってきそうなんだよねえ。

まあその辺はいい。

「じゃあテトラは家に残ってるんですか？」

「あー……いや？　そういやさっき出掛けて行ったかな？　……畑に出てた時にポテポテとあっちの方に歩いてったのを見た気が……」

そう言って使用人のおじさんが指差したのは——東の方だった。

……ターニャ達の家の方向か……これは益々新しいお友達説が現実味を帯びてきたな。

村の東側は住宅地。

テトラに近い歳の子がゴロゴロしている。

テトラの新しいお友達か…………死んでなきゃいいが。

チラリと脳裏を過ぎるのはテトラの手料理の味と山のような量のクズ野菜が入った袋である。

……これでアンやケニアの調理風景を覗いているだけとかだったら肩透かしだが。

まあチョロっと見に行くぐらいいいだろ？

出来れば見つからないように……。

既に料理が完成していたならば…………その時はその時である。

命の危機に瀕して魔法を発動することも吝かではない……！

覚悟を表情に宿しながら、使用人のおじさんへとお礼の言葉を口にする。

「そうですか。じゃあ俺はテッド達を探してみますね？　ありがとうございました――逝ってきます」

「お、おう。……随分と気合いが入ってるが、はしゃぎまわって怪我せんようにな？」

おいおい、子供と一緒にされちゃ困るぜ？　やれやれ。

いざって時は回復魔法があるさ……そうだろ？　そうだと言ってくれよ……。

◇

うちの可愛い天使の手を引く不貞《ふてぇ》野郎は何処だ？

と、目を血走らせて住宅地（田舎）を駆け回った結果。

割とあっさりとテトラを見つけた。

誰ともなしに一人でいる。

……………な、何をやってるのかな？

テトラは何も無い道の真ん中にしゃがんでは、一心不乱に一点を見つめ続けていた。

何も無い地面の一点を――

とてもじゃないが待ち合わせには見えないなぁ。

これは……声を掛けるべきか否か…………いや声を掛けるべきだろう！

何も無い地面を眺め続けるって……テッドでなくても心配になるよ?!

……どういう精神状態ならそういうことになるんだ？

もしかしたら気付くかもと何気ない素振りでテトラの背後に立つも、テトラが気が付くことはなく……。

傍目には何も無い地面を見つめては、時折思い出したようにニコニコと笑っている。

あ、あれぇ?! 俺も心配になってきちゃったなあ！ これ大丈夫かなあ?!!

ドキドキしながらテトラを夢中にさせている物を求めて視線を彷徨わせていると、向かい側から荷車を引きながらやってくるおじさんに気付いた。

これにはさすがのテトラも……気付いてなさそうである。

ならば声を掛けないわけにもいくまい。

「テトラ……テトラ？」

「う？ ……あー、レーだ。……どうしたの？」

それはこちらの台詞だよ。

荷車を引くおじさんも、テトラの存在は分かっているので『構わないよ』とばかりに歩みを止めて待ってくれている。

それに軽い会釈を入れて続けた。

「ほら、荷車来てるから。立って、避けて」

「あれ？ ガタタンきてた」

声を掛けられたテトラは反論するでもなく立ち上がると、俺と手を繋いで荷車が通れるぐらいのスペースを取るために道の端へと移動した。

再び荷車を引き始めたおじさんに頭を下げながら言う。

「すいません」

「いや、気にすんな。別に邪魔したわけじゃねえんだからよ」

こういうところでついつい頭を下げてしまうのは、自分でも思う日本人らしさである。

やはり異世界と言うだけあって、こっちの世界ではなかなか頭を下げる場面というのは見掛けない。

言葉にするのはよくあるのだが……。

今も「むしろこっちが邪魔したろ？　悪かったな」と言ってくるおじさんは出来たおじさんだ。

おじさんの視線がテトラへと動き、その相好が柔らかく変化する。

「なにしてたんだ？　二人して」

流れるように最も気になっていた部分まで訊ねてくれるのだから、このおじさんはミラクル出来たおじさんのようだ。

いい！　その質問、凄くいい……！

これには視線をテトラへと向けて答えを任せた。

めちゃくちゃ気になっていた部分である。

ニコニコとしたテトラが隠すことなく指先を地面へと向けた。

「あのねー、ツチちゃん見てたのー」

「ほー、そりゃ楽しいのか？」

「おもしろいー」

そうかそうかと頷くおじさんには悪いが、前世がおじさんだった八歳児には衝撃である。

それ…………楽しい？

土を……眺めていた…………だと？

それは確かにそうだ。

何も無い……強いて言うなら地肌が剥き出しの地面を、テトラは眺めていた。

嘘は吐いてない。

それが確かなことを、後ろからこっそりと近付いてテトラの様子を眺めていた俺は知っている。

……ええ？　テトラって大丈夫かなぁ……？

確かに小さい頃ってよく分からない遊びやら行動やらをするもんだけど。

これは大丈夫な範囲かなぁ？

純粋な子供時分の気持ちなんて、もはや遥か遠くなので分からない。

不安に記憶を掘り起こすべく昔を思い出していると、テトラを撫でてやっていたおじさんが俺の方にも問い掛けてきた。

「それで？　レンは何だ？　付き添いか？」

「俺はテトラを眺めていました」

「そ、そっか……」

なんで俺の方には不安そうな顔を向けんねん。

曖昧に笑うおじさんが何を考えているのか手に取るように分かる。

しかしそれは無用の心配だろう。

……全く、やれやれだな。

自分の娘を心配して見守る親御さんなんてありふれたものだろう？　何を勘違いしてるんだか
……困ったものだ。

「……程々にな？」という見当違いもいいところのアドバイスを放ったおじさんを、テトラ共々、手を振って見送った。

当然だけど、テッドとテトラは同じ家に住む家族である。

もしかすると似たような場面を違う形で幾度となく目撃したこともあるのかもしれない。

そりゃテッドも心配になるよな。


人の目が無くなったところで声を潜めて訊いてみた。

「それで？　テトラ、本当は何を見てたんだ？」

「？　ツチちゃん見てたー」

ニコニコと笑う天使が今だけは怖い。

別に御為ごかしというわけでもなく……それが真実であると証明せんばかりにキョトンとしている。

そっかー……土をかぁ……。

特に大人に対して誤魔化したいわけでもなかったことは、その反応からしても間違いないだろう。

土をねぇ……。

「それって楽しい？」

「おもしろいー」

ニコニコと笑顔で答えてくれる天使を見ていると……それもいいのではないかと思う。

そう、たとえずっと何も無い地面を凝視していようと。

子供が砂場で遊ぶようなもんでしょ？　大地は友達、それが常識。

どんなことでも遊びに変えてしまえるのは子供の特権じゃないか？　現にあの荷車を押していたおじさんだって変に思ってはいなかった。

……ただ関わり合うのが面倒だった可能性も無くはないけど。

ちょっと遠い目になった俺に、テトラは自分へと注意を向けるようになのか、繋がれた手をギュッと握り締めてきた。

可愛いからええやん。

それが正義。

「うーん？　どうしたー、テトラー？」

「レーもいっしょにツチちゃん見よー」

それは苦行やて。

い、いくら俺がプリティボディに生まれ変わろうとも……精神は成熟しきった高潔な紳士なのだ。

空を見上げるのは結構好きな方だが、さすがに変化の無い地面を延々と見続けるというのは……ちょっとねえ？

いくら天使の頼みと言えども――

「だめぇ？」

「全然いいよ。めっちゃ暇だからね！」

「やったー！」

…………ハッ⁈　俺は今何を？

いつの間にか放たれた言葉に、俺の多重人格説が急浮上した。

俺以外の六人の人格が墓穴を掘っているまであるな。

なんてこった、これが異世界か……。

異世界の魔力に唖然としている俺を、テトラは許可が出たとばかりに引っ張った。

てっきり二人して沈黙の上に地面を見続ける苦行が始まると思っていた俺は、思わず口を開いた。

「何処に行くんだ？」

「あっちー。あっちの方がみんないるからー」

まだ足りないと言うのか……犠牲、じゃなくて参加者が。

先程の上目遣いといい、もしかしてテトラは天使ではなく小悪魔だったという可能性も出てきてしまった。

どちらであろうと可愛さが人類の域を超えていることに間違いは、待てえ？

「テトラ、『みんな』って新しい友達か？」

結局はいつもの面子というオチを危惧して問い掛ける。

それはそれでまあ……巻き込んでやろうかなとは思うとりますが？

僅かばかりに期待する俺に、テトラは応えてくれるべく頷いた。

「そー、みんなー」

おお！　これでテトラの新しい友人関係が明らかになるな！

……これでマッシとかが待ってたら最悪通報まであるけどね。

今まで友達と思われていなかったことを同情すればいいのか、幼女と遊ぶ成人済みの男性を逮捕すればいいのか……難しいところである。

心積もりだけはしておこうかな？

初めて村から出る犯罪者に対して。


しかしまあ……心積もりとは裏腹に、テトラが向かった先には誰もいなかった。


村を囲む木壁の東の際である。

あまり来ることがないここは、いつかターニャ達が女子同士で話し合いをしていた場所だった。

収穫を終えた畑は寒々としていて……一目にも誰も、何も無いことが分かる。

しかしテトラは——

「ほらー、みんなだよー？　クルクルってしてるね？　えへへ」


誰も……かつ何も無い場所を、俺に紹介するように手を広げて見せてくるのだ。

あっかん、これヤバいやつや。

「テ、テトラ？　マイエンジェル？」

「わーい」

別に暑くもないのに大量の汗を掻き始める俺を無視して、見た目には原っぱで一人遊びに興じる子供のように地面をゴロゴロと転がるテトラ。

普段なら……なんならその姿は天使には見えないのだが……。

どうしよう、天使の頭の中も天使に変わっちゃったみたいなんだが。

つまり完璧ってことでええか？


しばらくテトラが転げ回る様を体育座りで観察していた。

一緒に土を見るって約束だからね。

しかしこうしてみると……なんだ。

案外、土の観察ってのも悪くないのかもしれない。

ゴロゴロと原っぱを転がり回るテトラは、時折回転を止めてはニコニコと笑顔を浮かべて休んでいる。

可愛い。

服の汚れも気にすることなく……頭に葉っぱなんてつけてるもんだから、もうどうしようもなく可愛い。

つまり正義だ。

もういいんじゃない？　ちょっと不思議ちゃん路線を辿ろうとも。

むしろ不思議な世界にあって不思議ちゃんなんてスタンダードだろう？

打ち消し合って普通まである。

知らぬ間に証明が完了してしまった。

自ら転がり回っているというのに目を回したのか頭をフラフラとさせている可愛い生物に近付き、フワッフワのピンク髪に挟まった葉っぱを取り除いてやる。

「えへへ……目、まわっちゃった……」

殺す気かな？

いいだろう、受けてやる。

目を回しているというのに、葉っぱを取り除かれたことで当たりをつけたのか顔を向けてくるテトラに笑顔で応えてやる。

精神を強く保つために口から血を流してるがそこは気にしなくていい。

「泥だらけだぞ？　帰ったら怒られたりしないのか？」

「う？」

そこでようやく自分の身なりに思い当たったのか、フラフラとさせている頭を安定させてワンピースのような己の服の袖なり裾なりを確認するテトラ。

ある程度の汚れを見咎めた彼女は、それでも笑みを浮かべながら答えた。

「おこられるー」

「怒られんのかい」

あーあー……所構わずゴロゴロするから。

せめてもの抵抗にと体中についた葉っぱをチマチマと取るが……この様子じゃ焼け石に水だろう。

大人しくされるがままとなっているテトラは、服を綺麗にすることの重要性を理解しているが、きっとまた服を汚すことだろう。

毎日のように可愛い格好をしているテトラだが、この村で俺の次ぐらいに服装に頓着が無い。

それは間違えて出されたテッド用の着替えに気付かず着ることもあるぐらいなのだとか……。

まあ女の子だから、男の子の服を着たところで感はある。

逆なら変態だけど。

むしろテッドがテトラの着替えを着たら通報からテレビの取材まで流れるようにこなす自信がある。

そんなテトラだから、割と色んな服を頓着無く着て、村長夫人の着せ替え人形っぽくなっている節はあるが……当の本人にオシャレの意識がないからか、こういうことはよくあった。

フリルが付いたワンピースをビリビリにして帰ったこともあったからなぁ……ちなみにテトラの方は笑顔で、何故かテッドの方が青い顔だったよ。

うん。

怒られるってことを学んでるだけテトラは偉いねー？　じゃあ全部テッドのせいにしようかー、ねえー？

いざとなったら俺も証言しよう。

全部テッドが悪いって。

悪さを見て育ったから真似しちゃったんだって。

そんな腹底算段をつけている俺にテトラが言う。

「うまくグルグルできなかったから」

「そうだな」

どんな状況を想定しているのかは知らんが、上手かろうと地面をグルグルしている時点でもうね？

「きがえないとー」

「そうだね」

お、珍しいな。

汚すことには頓着しないテトラも、やはり汚れた物を着続けることには抵抗が出てきたのだろうか？

　相槌を打たれることで気分を良くしたのか、笑いを抑えられないとばかりに口元に両拳を当てたテトラが続ける。

「おこられる前に……しょーこ、いめんつ」

「うん。今度テッドと話し合わなきゃいけないなあ……」

　誰の何処を見て育ったのかよく分かる発言である。

　全く、本当に……あいつらときたら。

　テトラの教育に不安を感じている俺を余所に、テトラの方はむしろ『よく、できまし？』と言わんばかりの笑顔を俺に向けてくる。

「えへへ、あのね……前にレーが言っ――」

「よし！　じゃあ着替える為にお家に帰ろうか！　大丈夫！　安心していいぞ！　俺も一緒に謝ってやるから！」

　おのれテッド！　純粋なテトラに何を教えてるって言うんだ?!　諸悪の根源め！

　テトラが悪の道を進む前に軌道を修正した俺は子供に良い影響を与えていると言えるだろう。

　でも今度から発言は時と場所と相手を考えようと思う！

　しかし……おかしいな？

　割とターニャ以外の前ではそういう発言してこなかったんだけどなぁ。

　一人称を変えた辺りで油断も増えてきているということだろうか？

新たに疑問を増やす俺に、テトラも頭の上に疑問符を浮かべたように首を傾げた。

可愛いが過ぎるよ……なんだこの生き物？　連れて帰ろうかな？

「まだ帰んないよ？」

あれ？　着替えるんじゃないの？

首を傾げて不思議そうにするテトラに、俺も首を傾げ返して応えた。

◇

家畜小屋だった。

何処へ行くのかと思えば……なんだぁ、一着替えする前に動物さんと戯《たわむ》れたかっただけかあ。

そりゃそうだよな、着替えた後に遊ぶんなら元の木阿弥だもんな。

「きがえる」と手を引かれて連れて来られたのは、いつかの思い出が過ぎる家畜小屋であった。

家畜に縁の無い俺は元より、小屋を卒業した後で家畜の世話を経験したテッドとチャノスもこの小屋を忌避するようになったので、さっぱりと話題に上がらなくなった遊び場である。

いや元から遊び場じゃないんだけど。

この周辺をフラついていて、見つかったのならば家畜の世話を手伝う流れになるからか、むしろテッドとチャノスの方は避けているまである。

女の子グループにおいては家畜の出す臭いもあり、元から言われずとも近付かず。

さっぱりと記憶の彼方へと葬られていた。

俺の手を引くテトラが言う。

「ここは、ちっちゃいの飼うとこー」

「めっちゃ可愛いかよ死にそう」

そうだね、鶏小屋だね？

豚を飼うかどうかを検討している昨今。

今のところ家畜小屋という名の鶏小屋である小動物ハウス。

馬小屋は村長宅にあるので、ここが村唯一と言われれば村唯一の家畜共有スペースではある。

実際に豚を飼うことになれば、どう考えてもスペースが足りないので他に作ることになるんだろうけど。

家畜小屋かぁー。

鶏小屋に近付いていくテトラにピンと来るものがあった。

大量のクズ野菜、友達、Q．E．D．。

おいおいやっぱり天使やぞ。

むしろ天使がテトラに寄せているまである。

それが正解……俺が異世界で得た真理に違いない。

新しいお友達ってやつは、きっとここにいる小動物を指してのことだろう。

テトラのことだ、手ずから動物にエサをやってみたかったとか……そんな素敵言い訳が料理へと繋がったんじゃないかな？

ウサギさんにニンジンっぽい何かの葉っぱ料理を上げているテトラ、……あー、効く効く、癒やししかない。

むしろそれなら全然ありである。

人に差し出すのはともかく。

まあ村じゃウサギは肉なんだけど。

小さいのを太らせて食うなんてのは普通。

なんだ、やれやれ……心配するようなことではなかったということか。

村に食中毒が蔓延《まんえん》するような事態は幻だったということだ。

安心したよ、胃腸的な意味でも。

いい笑顔の俺が見守る中で、テトラはポケットから取り出した何かを家畜小屋の扉を開けた。


……………………おやぁ？


なにやらよく分からない事になったたな？

あれ？　鍵……あれ？

ちょっとここらで休憩したい。

脳が糖分を欲しがっている。

待って待って、テトラ待って。

きゅ、休憩！　ちょっと休憩《タイム》?!

しかし思い届かず、テトラは家畜小屋の中へと俺を引っ張る。

不意にフラッシュバックする悪ガキ共の小屋侵入。

……………ハッハッハッハ……何をバカな……！　テトラは天使だから……。

しかし時刻はお昼時。

ご飯の時間ともあって……皆家に戻っているので人出も少なく、見咎められることが無い時間帯でもある。

計画的な犯行とも――

いやそんな訳がない。

いつぞやと変わることのない鶏小屋は、これからの先行きを示すかのように薄暗い。

綺麗に掃除されてある小屋の中に踏み入れながら思う。

必死に脳を働かせる。

家畜小屋の管理は…………確かチャノスの家であった筈……。

村長家に変わったのだろうか？

……ハハハ、そうだな……きっとそう……。

気付けばテトラも当時のターニャぐらいの年齢だ。

あの娘も割と無茶する子だったけど……。

ターニャが例外中の例外と思考の外にあったが、子供が悪さをし始めるのは大体がそれぐらいだろう。

そういえば前世で、家の近くの土手にライターで火を着けたのもそのぐらいの年齢だったっけなぁ……。

あれには無茶苦茶怒られた。

ボヤで済んで――って違う。

おまっ、鍵どした⁉

今そんな感じ。

……いやいや待て待て、まだ何か勘違いしている可能性も無きにしも非ず。

「テ、テトラぁ?」

なので囁《ささや》くように呼び掛けて、そっとテトラの手を引いた。

「えへへー、まだだよ。まだこっち」

するとテトラは、秘密を打ち明けるのが楽しくて仕方ないという表情で俺の手を尚も引く。

そう、更に奥へ……。

嫌な予感だ。

いつか来たそのままの様子で、鶏の数だけが増えた家畜小屋。

朝の卵産みという仕事を終えた鶏さん達が思い思いに過ごしている。

昼日中だけあって、隙間から差し込む光が薄暗い鶏小屋の中を照らし出している。

なんとなく……なんとなくだが、テトラがここに来た理由が脳裏を掠める。

いつか来た――というかその理由以外でここに来たことがないという俺の不思議……。

誰よりも鶏を欲しているというのに。

なんだ？　あれか？　昨日鳥肉食っちゃったからか？　ファンタジーだけに鶏の呪いってか？

あん？　やんのかファンタジー？　謝るぞ？

まあ幽霊みたいな奴がここいるのだから無いとは言い切れまいねド畜生。

……なんで今更テッド達の……あくまでテッド達の！　……黒歴史を掘り起こさなきゃならんのだ。

呆然としていたのはどれだけか……ツンツンと足を鶏に啄《つつ》かれて目を覚ます。

ありがとよ。

知るわけない……知っているわけないと思いつつも――

テトラはいつかの壁の前。

当然のようにペタペタと壁を触り始める。

まるでそこに何があるのか知っているかのようじゃないか……凄い偶然もあったものだ。

止めざるや否や。

声掛けは遅く。

「テ、テトラ……さん？」

「あった」

テトラの声と共に――古びた木戸の、ロックが外れる音がした。

「きがえてくるー」と回転式隠し扉の向こうへと消えていったテトラ。

どうやら着替えをあの隠し通路に持ち込んでいるようだ。

何故か？

そりゃ勿論、こういう時に怒られないためにだろう。

バレなきゃ構わないという発想である。
テ、テトラが……テトラが不良になってしまった?!
やっぱりテッドという存在のせいかな？　短い付き合いだったなテッド……。

墓はちゃんと建ててやるからな。

幼馴染の命を儚くも散らすことを決意して数分。

なかなか出て来ないテトラにヤキモキし始めた。

…………ちょっと遅くない？　こんなもんなのか？　やっぱり一人で行かせるべきじゃなかったかな？

しかしテトラとて五歳を越えたレディーである。

着替えを見るべきではない、という配慮もまた必要だろう。

まさに今それが徒《あだ》となっているわけだが……。

更に言うなら暗闇という不便な状況が不安に拍車を掛けている。

……見に行ってみるか？

まあ声を掛けながらであれば『ワッツハプニング？』と呼べる事態も起こるまい。

主人公とは違うのだよ主人公とは！

決意も新たに回転式隠し扉を通り抜けた。

薄闇の向こうに存在する隠し空間には人気《ひとけ》が無く、いつかの時のように騒がしい幼馴染が居るということもなかった。

しかしテトラもいない。

無人だ。

季節柄なのか、ただただヒンヤリとしている。

「テトラー？」

声を掛けても返事は無く……。

その姿が無いことからも、どうやら抜け穴の奥の方まで行ったらしい。

しかし抜け穴を上から覗いてみても、テトラの姿を捉えることは出来ず。

もしかするとチャノスの家に繋がる出口の方に服を置いているのだろうか？

テトラが鍵を持っていたことも合わせて考えると、それは充分にあり得る気がした。

悪い道に誘った協力者の存在は不可欠だろうしね。

……やけに素早く動けていることを考えると、初犯ではないように思える。

………そりゃ初めてなわけないよなぁ、じゃあなんで鍵を常備してんだよ、ってなるし。

というか危ない、やめさせなくては。

この暗闇の中を進むというだけで五歳のテトラには充分な脅威に成り得る。

転んで怪我しちゃうかもしれない！　寒くて風邪を引くかもしれない?!　なにより心細くて泣いちゃうかもしれないだろう?!!

そんな脅威……あると思います。

テトラを見つけるために先へ進もうと、押さえていた扉から手を離すと自動的に閉まった。

おかげさまで真っ暗です。

急な暗闇に包まれてしまったが『確か光の魔晶石を応用したランプがあったよな？』とその存在を思い出していた。

……いや何処かな？

予め置き場所を知っているのならともかく、この暗闇で闇雲に探しても見つかる訳がなく……。

なんならテトラが使っている可能性すらある。

まあ無きゃ無いで構わんけども。

暗闇と言ったところで、目が慣れれば薄っすらと輪郭を確認出来る程度のものである。

抜け穴の概要も途中までは知っているから、手探りで進む分にもそんなに問題がない。

先行するテトラに追い付けるかは微妙だけど。

「テトラー？」

声を掛けながら抜け穴に垂らされている縄梯子を降りる。

変わらず返事は無く、光も見えない。

穴の底に付いたところで、チャノス家へと通じる隠し通路も同様だった。

時間が掛かっているのは、やはり着替えをチャノス家の出口付近に隠しているからだろうか？

まあ何かを隠すには便利な通路だよな……実際隠してあるわけだし。

何かと隠したくなる物が多くなる思春期なら重宝することだろう。

テッドがこの場所の存在を妹にバラしたことを後悔する日も近いかもしれない。

ベッドの下や机のデッドスペース然り。

……難しいんだよな、意外と。

しかし追い詰められると何をしでかすのかは分からないのが人間だからなぁ、何をとち狂ったのかテッドがこの場所に成人御用達の本を隠すことも無いわけでは――

なんてことを考えていたからか。


不意に、抜け穴の底が明るくなっていることに気が付いた。

…………あれ？　明るい。


「テトラ？」

思わず光源を求めて辺りを見回してしまう。

するると暗さ故に分からなかったが、クズ野菜が盛られた大皿があるのを見つけた。

そういえばテトラは野菜を――

光源の発見と、そいつの発見は同時だった。

何故なら光を発しているのが『そいつ』だから。

バッチリと目が合う。

パチクリと瞬きをしているところを見るに……生きていることは間違いなさそうだ。

それは猫だった。

生まれて幾月もないように思える仔猫だ。

フワフワの白い毛で、クリクリとした緑色の瞳を持つ…………光る仔猫である。

へ、へー……異世界の猫って光るんだなぁ。

とりあえず異世界と付けておけば精神的に安定出来る昨今。

最強かよ『異世界』、なんでも許されると思うなよ異世界。

その……自らを発光させる不思議生物が、目が合ったせいなのか——突然、フワフワと宙に浮かび始めた。

「いや大概にせえよ異世界」

なにこいつ？　科学的に証明してくれ。

第7話

空飛んでもうてますやん。

いや。

まるでそこには地面があるとばかりに宙を転げ回っている不可思議な生命が、俺の方を見ては首を傾げている。

フンフンと臭いを嗅いでは『うわっ、こいつの臭いヤバ?!』とばかりにコテンコロコロと古典をかまして、再び俺の方を見るというループ具合。

芸人さんかな？

少なくとも絶対に猫ではあるまい。

あと俺は臭くないっちゅーねん。

こっちに入浴という習慣がないだけで、サウナっぽい蒸し風呂は毎日のように入っている。

可能性があるとしたら獣には理解出来ないフェロモンを発しているぐらいだろう。

全く、やれやれだ。

一頻り『なんだろな？　コイツよく分かんねえな？　もういいや』とジェスチャーよろしくナゴナゴしていた猫モドキが、区切りはついたからと言わんばかりに元いた場所に降りていく。

「待たんかい」

いやいいわけねぇだろ。

害意があるようには見えなかったので、むしろ牙でも向けられたら踏ん切りが付くと見守っていただけで……。

明らかな変てこ生物である発光猫を見逃せる筈がない。

追い掛けるように視線を下に降ろすと、発光猫が居た元の場所には散乱するクズ野菜があった。

更に言うなら古ぼけた毛布や水の入っている深皿まである。

なんという実家感なのでしょう。

明らかに飼われている。

そして犯人も分かる。

迷宮入りだ。

………いやいや、ははは……確かに子供って親に内緒で猫やら犬やら飼うもんだけどさぁ……。

いや待て。

まだ証拠不十分だから。

むしろ証拠しかないけど不十分だから。

そもそも天使を人の法に問うことは出来ないから。

そんな何とかテトラの無罪を証明しようと屁理屈を捏ねる俺の前で、物体エックスは何処か既視感を覚えるクズ野菜入りの水を飲み始めた。

やめてくんない？

もうここが底の底みたいなもんなんだからさ。

更に突き落とそうとするの、やめてくんない？

具の量がおかしいクズ野菜入りの水……もうクズ野菜に水を掛けているだけにも見えるそれを、物体エックスは美味しそうに口にしている。

さては諸悪の根源だな？　お前がそれを美味そうに食うことでどれだけの犠牲が生まれると思ってんだ？

捨てっちまおう。

証拠は無くすのが基本だから。

「レー？」

断罪の足音を響かせながら猫に迫る俺に、柔らかい声が投げ掛けられた。

横穴から体を覗かせたのは、ランプを手にした天使――

テトラが見えた。

装いも新たに登場である。

でも今じゃない、今じゃないよ……。

「テトラ……」

「あはは、レーもきたー！」

思わず悲愴な呟きが溢れた。

しかし手にしたランプを丁寧に床に置いて駆け寄ってくるテトラに悪びれる仕草は欠片もない。

だろうなとは思ってたけども。

いつものように抱き着くというスキンシップを図ってきたテトラに対し、受け止めるべく動いた体にはしかし力が入っておらず。

「あぇ？　レー？」

押される勢いのまま敢《あ》え無く壁とサンドイッチ。

ガツンと良い音が響いた。

……良い人生だったな、そう思うよ。

あ、テトラ、グイグイ押しちゃダメ。

出ちゃうから、中身とか苦悶とか出ちゃうから！

ここ一番と踏ん張りをみせて、テトラの体を持ち上げる。

すると構われたことが嬉しかったのか、テトラは特大の笑顔を浮かべた。

「あはは、レーだー！」

そうだよー、厄介事は探知しちゃうの……。

曇り一つないテトラの笑顔は、人類の癒やしで間違いないだろう。

もうさ？　テトラの笑顔が可愛過ぎて……発光する仔猫とか『どうでもよくない？』とか思っちゃうんだけど？　ダメ？

俺の中の想像ターナーが『……ダメ』とばかりに首を振る。

だよねぇ？　見逃せる事象を超えてますよねぇ？

テトラを確保したままズンズンと進み、猫のような何かの傍に降ろした。

「ミィー」

ご機嫌とばかりにテトラに纏わりつく物体エックス。

鳴き声を上げやがった。

まるで本物の仔猫みたいだな？

あれだ、如何に猫を被ろうとも俺の目は誤魔化せないからな？

呼び掛けられたことで、謎生命を嬉しそうに撫で返しているテトラ。

とりあえず、熱を持っていて触ると火傷を負うとかはないようだ。

命拾いしたな？

もしテトラの柔肌に日焼けでも付けようものなら、それを最後の仕業にしてやったものを……。

いやまだ紫外線を出している可能性もある。

さあ、どうしよう。

一先ずは状況を確定させるべくテトラに水を向けた。

「テトラ……紹介してくれる？」

「う？」

とりあえずそれが『何か』を知りたい。

っていうか、もう魔物だと俺は思ってるけども。

少なくとも猫じゃないだろう。

猫じゃないよね？

今がどういう状況にあるのか分かっていないテトラは、仔猫を撫でながら話すのが楽しいとばかりに口を開く。

「この子ねー、ミィーっていうんだよ」

「ミィー」

それは鳴き声なの？　名前なの？

テトラの呼び掛けに応えんとばかりに鳴き返す発光生物。

ランプいらずでとっても便利。

じゃえねわ。

光る、浮く、鳴く。

………異世界の猫ってば俺の常識を越えてくるんだから。

なんて現実逃避。

凄い楽しそうに猫を撫でているテトラには悪いんだけど、それはもう隠し事の範疇を越えてると思うんだぁ……。

『レーなら絶対に言わない』と安心頼りのテトラちゃん。

……信頼を裏切るようで胸が痛いんだが……。

いや………それでも、これはちゃんと………ちゃんと言っておかなくては……！

ギリギリで負けている理性を奮い立たせてテトラと向き合う。

「テトラ」

「あい！」

可愛い。

………もうさ、猫だよ？　猫でいいだろ……。

『……しっかりしろ』と叱咤《しった》してくる本能《ターナー》。

『秘密にしちゃえよ？』と囁いてくる嫌な予感《欲望》。

脳内に味方がいないんだが？

しかしそれも……テトラを思えばこそだ。

今はまだ仔猫にしか見えないモフモフだが……成長すれば分からない。

肉食動物は、何処までいっても肉食動物なのだ。

それが魔物なら尚の事。

ここで伝えておかなくては。

胃を血して口を開く《血を吐きながらも口にする》。

「テトラ………それ、たぶん魔物……」

というか間違いなく。

「う？」

俺の発言に驚いたような表情を浮かべるテトラ。

その視線が、手の内に収まる仔猫に見える何かへと向かう。

テトラだって魔物の危険性は分かっている。

なんせ森に囲まれたド田舎村に住んでいるのだ。

その存在がどれだけ自分達の生活を脅かすのか、ちゃんと知っている——

………泣いちゃうかな？

しばし見つめ合う一人と一匹に申し訳無いという思いが募る。

言葉を交わしているわけではなかったが、対話は終わった《お別れは済ませた》とばかりに——テトラの顔が上がる。


「ちがうよ？」

「ミィー」


しかし出てきたのは意外な言葉。

それも……その場しのぎの嘘には見えなかった。

何故なら——首を傾げるテトラの顔には、何故か確信に満ちていたから。

「ミィーはねぇ、えと……なんだっけ？」

「ミ？」

魔物じゃない？

首を傾げ合う幼女と魔物と子供《おじさん》。

人に知られたらマズい感じの隠された通路で、バリバリに光っている仔猫に扮した何かを灯りに話し合っていた。

……人生って何が起こるか分からないもんだなぁ。

十年前なら病院を紹介されたであろう現状である。

現在進行系で入院を希望している。

「いや…………魔物じゃないかなぁ？」

レーはそう思うよ？

咄嗟に言い訳している感じではないが、状況証拠が推論を真だと押している。

真っ黒だもの、光ってるけど。

猫が犯人、ハッキリ分かんだね。

「ちがうんだけどなー」

うーん、と首を傾げているのはテトラ。

何かを思い出そうとしているのか、光る猫とにらめっこしている。

「ミ。ミ、ミ」

当の仔猫に関しては、遊んで貰っているとでも思っているのかテトラの鼻先へ猫パンチしている。

ギルティ。

お前、誰を叩いてんのか分かってんのか？　天使様やぞ？　畜生風情が触れられる存在じゃねぇからな！　猫パンチされるテトラも可愛いなぁ!!

もうテトラが罪まである。

「あ、そだ。セーエーだ。ミィはねぇ、セーエー」

肉球の痛みに耐える健気な天使が、ショック療法よろしく何かを思い出したのか顔を上げた。

「なるほど、セーエー」

セーエー？　精鋭かな？　なんの？　魔物の？

つまり『絶対殺して』ってことでいいかな？　合ってる？

ターニャなら間違いなくそう言ってるところだが……。

これまたテトラが言わなそうな台詞である。

すると予想通りに即座の訂正が入る。

「ちがうよー、せぃえい……セ、イ、レイ、だた！　ミィは水のセーウェー……なんだって！」

「ミィ」

どうだ！　とばかりに自慢気に鼻を鳴らす天使と自称水の『せいれい』。

そう――――『精霊』だ。

……精鋭でいいんじゃないかな？　もう、魔物の精鋭ってことでさ……。

なんとなく『もしかして……？』とは思ったけども。

この仔猫に対して、魔物のような『人間め！　駆逐してやる！』という悪意を感じなかったのは確かだ。

むしろ妙な人間味に驚いていたまである。

そうか、そうか……精霊かぁ……ファンタジーだもんなあ。

なんて…………………なんて――面倒なものを。

「テトラ……拾うならせめて普通の犬猫にしてくれ」

「う？」

「ミ？」

精霊。

数多あるファンタジー要素から抜きん出てメジャーな存在だろう。

語られる際には魔物と対を為すことなどが多い存在だが、ものによっては人間を塵芥《ちりあくた》のように捉えていることもある。

一説では神と並べられることもあるが、この世界ではどういう立ち位置なのか……。

ぶっちゃけよく知らない。

今の今まで忘れていたぐらいの認知。

なんならテッドの考えた『お話』に出てきたこともあったのだが……それがテッド無双というオチで終わるせいか深く捉えたことはなかった。

精霊がどうだこうだと言う村人に至っては皆無《かいむ》だったので、世間話に上がることもなく……。

当初は魔法要素があるだけの中世のような世界だと思っていたからこそ、魔物や賊の存在すら疑っていた。

そんなバカなと鼻で笑っちゃうぐらいには。

知識が増える度に引き篭もりたいと思うのだから罪深い世界だよ……。

もうさ……ここは辺境のゆったりした田舎村だよ…………それでいいじゃないか？

精霊って言うぐらいなんだから……土とか水とかに還してあげて、それで解決ってことにしない？

俺もよく蝉とか金魚の墓を作ったもんさ。

なあ、スローライフ……これスローライフって言える？

遠い所へ旅立ってしまった俺の意識を、テトラの声が引き戻す。

「ミィはねー、いっぱい食べるよ」

精霊なのに？

知り合いに話したくて仕方無かったのか、テトラによる精霊自慢のようなものが始まった。

「ミィはー、お水が好きー。ねー？」

「ミィ」

そりゃ水の精霊だもの。

「でもお野菜も食べるよ？　たくさんりょーり、してる！」

「ミィ！」

そこは素直に良かった。

「ミィは、とぶの。すぐとんでっちゃうから、木とかに当たってあぶない。めっ！」

「ミィ〜……」

何処までも飛んでけばいいのに。

「あと、光る。まぶしい！　ナメたりもできるよ？　くすぐったいの。それにー、『声』が小さいから、近くに行かなきゃ聞こえなくてー」

……いや自慢かなぁ？　欠点とか愚痴の可能性もワンチャン？

話自体はとっ散らかっているが話題は途切れることなく続く。

……テトラには悪いんだけど、あまり長々ともしていられないんだよねぇ。

神出鬼没の幼馴染一同が、いつここに現れるとも限らないのだから。

どこまでも続く自慢（？）話を遮って問い掛けた。

「こいつ、どこで拾って来たの？」

それは当然の疑問だろう。

テトラの行動範囲を考えると不思議で仕方ない。

テトラが村の外に行くわけもないし、これだけ目立つ奴を引き連れていれば気付かないわけもない……どういった出会い方をしたら、こんなことになるんだろう？

「ひろってないよ？」

いやいやめちゃくちゃ拾ってますやん。

ナイショで飼ってもうとりますやん。

「おちてきたの」

天井を指差すテトラ。

………落ちてた、ではなくて？

「落ちてきた？」

「うん。おちてきた――――お空から。たすけてー、って。だから、いいよー、って」

………いや待て。

さっきからちょっと気になってることがあるんだが………どうする？

確認するか？

いや確認するのが怖い。

割と確定的なことを仰《おっしゃ》られているが、気付かないフリをして話を進めよう。

具体的にはミィの処分。

「あのねー、ミィは、森のずーっと、ず〜〜〜っと奥から来たんだってー。なんかねー、ミィの……おかあさん？　おとうさん？　が、たすけてー、……なんだって。だからミィがそれを、たすけてー、ってしてるの。だからテーのとこに来て、たすけてー、って言われたから、テーが、いいよーって言ったの。でもミィーもお腹へっちゃってたから、元気がなくてねー？　いっぱい食べて、元気になってからね？　って、りょーりしてるの。アンがー、食べたら元気なる、って言ってたからー。ターもうんうんってしてたから。だからミィが元気になった！　すごい？　えへー？　ありがとう」

もう嫌よ！　こんな生活！　実家に帰らせてもらうから?!　本気よ！　もう本気！

猫の肉球をフニフニしながら見つめ合う一匹と一人。

しかしそこには確かな意思の疎通が存在していて……。

——一言も話し合っていないのに通じ合っている。

……きっとツーカーなんだよ。

第8話

順繰《じゅんぐ》りに話を聞いた。

なんかすっかり聞き役に収まっている幼馴染ポジションを、そろそろ変えたいと思っている今日この頃。

……だってめちゃくちゃ面倒なんだもん。

一番楽に見えるポジションが実は一番面倒だという現実。

大人ならば飲みの席で「うんうんそうだね分かる分かる」と頷いていれば済むところなのに、子供の集まりとなると「じゃあやろう！」となる不思議。

忘れていた子供の純粋《アグレッシブ》さに大人の精神が追い付けない。

大人はね？　走らない生き物だから……。

面倒を回避しようとする者と面倒を処理しようとする者の違いだ。

今回もどうやら似たようなところ。

まずテトラがミィとやらに会ったのは二週間前ぐらいだそうだ。

正確な日時は覚えてないとのことなので大体の日付である。

……ちょうど繁忙期で忙しくしていた頃だ。

本当だね、幼い子供から目を離しちゃいけないや。

直ぐに精霊とか捕まえてきちゃう。

しかし、なるほど……。

だからこそ最新の遊びである『おままごと』にクズ野菜の水掛けが出てきたのか。

つまり全部テッドが悪いってことだね？　月の無い夜には気をつけてほしいものだ……。

出会いは………読んで字の如く『空から落ちてきた』とのこと。

そんな出会い方って現実に出来たりするんやなぁ……。

主人公とヒロインが出逢うそれやん。

もうテトラ主人公ですやん。

可愛いが正義過ぎて現実が辛い。

しかし落ちてきたのが面倒事とは……テトラも報われない……どーれ、お兄さんがナイナイしてあげようか？　いらない？　そっかー。

今日のように原っぱにて土を見つめていたテトラに、空から真っ直ぐ――――雲を貫いて近付い・・・

てきたのが、その猫モドキらしい。

傍目から見たら幼女に隕石が直撃するトラウマシーンだろう。

テトラが「落ちてきた」という程の速さで近付いてきたミィは、必死に何かを伝えようとしていたそうなのだが、如何せん弱っていたらしく声が聞き取りにくかったという。

とりあえず聞こえた『助けて』という言葉に従って、ミィを元の状態に戻すべく奮闘を始めたのが精霊飼いの発端だとか。

え、テトラめっちゃ優しいやん……天使かな？

俺なら小舟に乗せてそっと川に流すのが精々だろう。

やっぱり天使の感性は人と違うんだなぁ。

人の目に晒されたくないというミィの希望を叶えるべく、テトラはチャノスが持っていた家畜小屋のスペアキーを黙って貸してもらい、今や誰も気にすることがなくなった抜け穴にてミィを飼い《癒やす》始めることにしたんだとか。

……貸してもらった、かあ……うん、まあ気付いてないいんなら、後でそっと……ね？　うん。

とはいえ、テトラにしても生き物《精霊》を飼うなんて未知の経験。

何をどうしたらいいのかなんて分からない。

――分からないなら、聞けばいい。

そんな基本的な考え方に立ち返ったテトラは、幼馴染達に「弱った精霊《動物》を元気にするにはどうしたらいいのか？」と訊いて回ったらしい。

……ああ、内緒でペットを飼ってるとでも思われたのかな……。

満場一致で『食わしとけ』という解答になったらしい。

全員が女子。

こっちの世界の女の子が逞しくて男の子が不必要な件。

男子側に意見は求められていない。

テトラは言われるがままミィに食べ物を与えた。

最初は、本来ならテトラが食べる朝食や夕食の残りを与えていたそうなのだが……ミィは加工された食事を嫌がった。

どうやらなるべく素材のまま、味付けのされていない食べ物を好むようで……。

水だけは井戸の物でも魔晶石で作り出した物でもオーケー。

しかし生のままの食材は、畑に盗みに入るわけにもいかず。

そこで野菜の切れ端やヘタを中心とした食事を与えたところ大成功。

テトラは無事に『クズ野菜の水掛け』を習得した——というわけだ。

殺すぞ畜生。

大絶賛する畜生《ちくしょう》がいたから？　自分の料理の腕を誰かに見てほしくなって？　ほうほう？　ちょっとその猫貸してくれる？　ダメ？　そっかー。

おままごとの真実に辿り着いてしまった。

俺の冒険はここで終わりということでいいんじゃないかな？　次回作《来世》に期待するということで。

庶民のキャパを優に越える情報を与えてくれる天使は、尚も話を続けようとする。

最近になって回復してきたミィが言うには……あ、ちょっと待ってくれる？　心の準備するから、
ダメ？　そっかー。

ミィが言うには『ヒドい奴がいる。みんなイジメられてる。助けてほしい。森の奥にある聖域まで一緒に来て』とこう。

なるほどね。

「断ろう」

断ろうや……。

「ミ?!」

「……どうして？」

どうしてって……。

「どうしても」

「……なんで？」

なんでって……。

「なんででも」

一般的な親子の会話に終始する俺とテトラ。

どうせ説明したところで納得なんてしちゃくれないのだ。

捨ててきなさいと言われつつも神社にダンボールで飼い始めるのがオチである。

それでもここで頷くわけにはいかない。
だって村の外案件だ。
しかも『聖域』ってなんやねん。
絶対面倒事ですやん。
なので強硬な姿勢は崩さない。
「そもそも子供《テトラ》だけで村の外に出ちゃダメだろう？」
どの口が言うのか、というのは置いといて。
「………………ぶぅ」
そっぽを向いてしまったテトラに精神が揺らぐ。
めっちゃ可愛い……！　殺す気か？
珍しいことに頬を膨らませて精一杯の不機嫌を演出している天使。
可愛いが留まらねぇよ、もう殺してくれ。
テトラの不機嫌を察知して困惑するような慰めるような態度を取る水の精霊。
必死にテトラの指をペロペロ。
殺意が留まらねぇよ、もう殺させてくれ。
きっと俺も賛成してくれると思っていたのだろう。
味方だよ？　俺はテトラの味方さ、勿論。
しかしだからこそ、賛成は出来ない。

プリプリと怒りを露わにするテトラが珍しくて写真に収めたいと思っていても！　いま頬をつついたらどんな顔するかな？　なんて思っていても！

俺は味方なんだよ！

さあ、じゃあこの件はお終いということで……。


「……レーはナイショでお外に出てたのに」


――――ちょっと待て？

拗ねた様子のテトラに、浮かし掛けた腰を降ろして対応する。

なななんで知ってるのかな？　かな？

……もしやターニャが？　いやあり得ない。

なんなら自分が何かで口を滑らせたと言われた方がまだ信じられる。

自分の信用の無さの方が高いまである。

……あ、あー。

あっちの件かな？　賊共をボコボコにした方じゃなくて、狼共をバラバラにした方か。

字面が酷過ぎる、碌《ろく》なことしてねぇな俺。

「あれはテッド達を追い掛けて……」

「そっちじゃない」

ななな何故かね?!　どどどどういうことだね?!

タジタジになる俺をテトラがジト目で責めてくる可愛い。

間違いなくターニャが悪影響を齎《もたら》している良くやった。

じゃなくて。

どうすんの？　幼女にジト目で見られるのが癖になったらどうすんの？

動揺に思考が右往左往する俺にテトラが言う。

「テーしってるもん。レーとターがお外に行ったの。聞いたもん。小さい子が言ってたからー」

ほっぺを押して頬の空気を抜いてしまいたい。

違う。

何故それを?!　だ。

……何故それを?!

お……落ち着け！　まだ焦る時間じゃない！　テトラの言ってることを理解するんだ。

……知ってる、聞いた、と言っているからには、テトラ自身が見たわけじゃないんだよな？

今なら言い包《くる》め、じゃなくて誤解だと分かってもらえるかもしれない。

……小さい子？　小さい子ってなんだ？

テトラより年下か？　いや、いることにはいるけど……当時の年齢を考えれば間違いなく赤ん坊だろう。

よしんばドゥブル爺さんの家から外へ抜け出すのを見られていたとしても、赤ん坊の頃の記憶が残っているのはおかしい。

例外はここにいるけど、そうじゃなくて。

………純粋に背の高さで言ってる？

それとも――もしやハッタリか？　だとしても……俺とターニャだとハッキリと名前を上げていることが、事実を知っていそうな気配である。

どう言い包めた《騙した》ものか……。

沈思《ちんし》する俺に、腕まで組み始めたテトラが追い打ちを掛けてくる。

「テーしってるもん。レー、ター抱っこしてピョンってしたんでしょ？　すごいねー」

途中で褒めちゃってるけども、いや待てぇ？

「ピョ、ピョン？」

「うん。かべをー、こう……ピョンってしたんでしょ？　レーすごいねぇ」

理解が及んでいないとでも思われたのか、わざわざ立ち上がって跳ねるテトラにヤラれそう。

なんで頭に手つけて兎《うさぎ》のフリするんだよ可愛いが過ぎるよ死ぬよ。

とうとう可愛いを突き抜けてきたか……いや違う、そうじゃない。

……み、見られてないか？……これは、実際に……。

たとえ木壁を越えたと想像されたところで、その手段は悪ガキ共の例に習ったものになる筈だ。

つまりは足場やロープを使ってのもの。

それが……まさかの人を抱えての跳躍というのだから……『テトラは随分と夢見がちだなぁ』で

済ませられない事態だろう。

い、居たの？　テトラが？　いやテトラじゃなくて……。

見ていた奴《目撃者》が？

……非常に困ったことになったぞ？

もはやペット《精霊》どうこうの話じゃない。

ミィーじゃねえんだよミィーじゃ、水でも舐めて隅で光ってろ。

俺の秘密が……しかも何年も前から知られているということではないか。

やはり一度流出した情報というのはどれだけ隠そうとも綻びが出てしまうものなんだな。

暗闇で頭を抱える中年《こども》に、未だピョンピョンと跳ねる子供。

なんというカオスか、さすがは異世界だぜ……へへへ。

まずは裏取りせねば。

「テトラ……それって、その小さい子って誰のことかな？」

「ドゥじぃの家《うち》の子ー」

ドゥブル爺さんは独身じゃん。

うーん？

そもそも当時まだビビられていたドゥブル爺さんの家に小さい子が寄り付くわけもなく……。

首を傾げる俺に、飛び跳ね疲れたテトラが再び腰を降ろして続ける。

「あのねー、マキをもやすところがお家なの。だからー、マキちゃんって名前にしたー。えへへー」

そりゃドゥブル爺さんの家は炭焼きなんだし……。
マキちゃんって名前にした――ってなんだ？

あ、いかん。

なんか恐ろしい天性の才能を感じるぞ。

これ以上は聞いちゃダメな感じがする。

気付かない方が幸せだと俺の中の嫌な予感さんも言っている。

ターニャにも感じた末恐ろしさが今再び。

俺、転生してきた側なのに……。

……なんか俺の幼馴染達の才能が凄いんだが？

テッドが火の魔法を扱える才能があって、チャノスが水、ターニャが神童もかくやという頭脳があって、この上テトラにも……？

アンとケニアには何も無いよね？　無いって言ってくれ。

誰かさんの昨今の体力オバケぶりが脳裏を過ぎる。

希望は一人だ。

「マキちゃんはー、いっつもパチパチ。火がだいすきー。テーもすきー。ドゥじぃもすきー。毎日パチパチしてくれるからー。それでー、いなくなった時があったんだってー、その時にー、レーとターが入ってきたからー、見てたんだってー」

猫モドキの肉球をフニフニしながら変な節をつけてテトラが歌う。

「ど、どこから？」

「う？　マキをもやすとこー……なんだっけ？　か、か、かあどー」

「……竈《かまど》？」

「あー、そっかー。かまどだ。かまどー。かまどがマキちゃんのお家──」
・・・・・・・・・・・・・・・・・・・
竈から見ていた小さい子ってなんだ？

少なくとも俺は知らない。
・・・・・・・・・・・・・・・
テトラ以外は誰にも分からない。

「う？」

思わずテトラを凝視してしまう俺に、普段とは違う視線の強さに疑問を感じたのか、テトラが
『どうしたの？』と言わんばかりに首を傾げた。

『テトラ以外は』という特殊な状況を、俺は一つだけ知っている。

ついさっき知ったところだ。
・・・・・・・・・・・・・・
俺には聞こえない声を聞いていた。

核心を突くような問いをテトラへと投げ掛ける。

「テ、テトラ……それって………それも、精霊？」

「そだよ？」

『なんでそんなこと訊くの』みたいな表情のテトラに愕然《がくぜん》である。

――――いない。

少なくとも……俺は見たことがない。

村で。

精霊を。

しかしテトラには見えるのだ。

聞こえるのだ。

つまりテトラにはそういう才能があるのだ。

普通の人の目には見えない精霊の声や姿を認識出来る――――

これはヤバい。

それは少し考えるだけでも絶対にヤバい能力である。

しかしそれならと一つ疑問が浮かぶ。

だとしたらこいつってなんなのだろうか？

テトラの話ぶりからして、精霊の姿は見えないし、声は聞こえないものなのだろう。

しっかりと見えている上に鳴き声まで上げて……なんなら光ってんだけど？

いや、精霊の生態についてなんか今はいい。

そんなことより――

「テトラ……それって俺以外の誰かに言ったことある？」

「うーうん。レーだけぇー」

首を横に振るテトラに小さくガッツポーズだ。

よしよし、まだ大丈夫だ……！　まだ広まってない、まだ正常な田舎生活《スローライフ》！

ちょっと幼馴染の頭が良くてちょっと幼馴染が精霊を目視出来てちょっと前世の記憶があるってだけの！

まだだ！　転生してスローライフというセカンドライフを、俺はまだ無くしちゃいない！

そのためにはまず……。

猫モドキの前脚を握ってダンスを始めた天使に悪魔の如く囁くことにしよう。

ニンマリとした笑顔を浮かべながらテトラへとシノビヨル。

「テトラテトラ」

「なーにー？」

「レー、テトラにお願いがあるんだー？　聞いてくれる？」

「いいよー」

よーし。

「テトラが精霊さんの姿が見えたりお喋り出来る事を、誰にも言わないでほしいんだー」

「ナイショなの？」

「そう、ナイショなの。出来たら精霊さんから聞いたこととかも、どうか内密に……」

「そっかー。ナイショかー……いいよー？」

天使ってば最高だよな。

子供を言い包める悪い大人ってか？　いいえ自分八歳ですから。

ただの子供同士の内緒事ですよ。

よくある。

所詮《しょせん》は子供なのだ。

他意はないよ？

『上手いこと口止め出来たな』とテトラの後ろでほくそ笑む俺へ、テトラがクルリと振り向いた。

咄嗟に表情を取り繕えたのは前世三十年の経験の賜物《たまもの》だろう。

「どうかした？」

柔らかい微笑みを浮かべて問い掛ける俺を、テトラが見つめる。

普段通りのボーっとした表情のテトラは――しかし俺の目を見つめると表情を一変させた。

「きしし」

それはテトラにしては珍しく、悪戯染みた可愛いさの――小悪魔めいた笑みだった。

何かを企む笑みだった。

まるでどっかのアホみたく――

「じゃあ、テーもレーにおねがいあるー」

……テッド、そうだな。

テトラには同年代の友達がいるな。

要求を要求で返されてしまった。

子供らしい他愛のないものではない。

もっと心臓にカミソリ当てられるような鋭さを持ったものだ。

て、天使が……！　俺の天使が悪さを覚えちゃったよ?!

ジト目はターニャから受け継いだんだろう。

間違いない。

腕組んだりするのはケニアで、小悪魔な笑みはアンから。

拾った枝を振るうのは……よくよく考えてみればテッドの真似で、チャノスは…………き、気にすんなよチャノス！

しかしなんて奴らなんだ。

天使のようなテトラに悪影響を与えるなんて……。

考えられないよ！

このうえ弱みに漬け込んだ交渉まで覚えさせるなんて……！　もっと年上の自覚を持ってほしいもんだな！　全く！

テトラは俺の『木壁ピョン事件』もナイショにしてくれるらしい。

その代わり――自分の方も手伝って《・・・・・》ほしいという交換条件を出してきた。

——純粋培養！　純粋培養が必要だったんだ！　純粋培養が正義だったよ！

大抵は歪んだ愛情の果てにあるものだけど……この場合は正解だったと言わざるを得ないな。

動揺に瞳が揺れる俺の口がオウム返しのように動く。

「……テツダウ？」

「そー。レーも手伝ってほしー」

……森の奥に行くのを？

「…………そもそも森の奥に行ってどうすんの？」

「えっと……わかんない！」

そっかー？　じゃあしょうがないねー？

「——いっしょに行って、なにするんだっけ？」

テトラが首を傾げながら問い掛けるのは俺ではない。

光る毛玉だ。

「ミ。ミ、ミ、ミ。ミィー」

ナゴナゴする猫にフンフンと頷きを返すテトラ。

これはあれだね？　もう勘違いしようもなくあれだよね？

確実に意思疎通《会話》してるよね？

しかも余人には分からない。

思わず問い掛けるのも仕方ないだろう。

「テトラは………その『ミィ』の言ってることが……分かるんだよな？」

「うん、わかるよ？　なんで？」

こっちが聞きたいなぁ……。

「え、だって？　なんかミィミィ鳴いてるだけで……わけわかんないというか……意味不明と言いますか……」

なんならその存在もそうですけどね？

「うん。ミィは、ミィーって鳴くねぇ。かわいーねー」

うふふ、テトラ程じゃないよ～。

じゃなくて。

「え、ミィって鳴いてるのは聞こえるの？」

「きこえるー」

「……つまりはそれが、言語なの？」

「げんご？」

高音や低音の使い分けで意味を成している――なんてそんな都合のいい理由ではなさそうだ。

……だとしたら何だ？　翻訳？　あんな短くて同じ響きの鳴き声をか？

ターニャならそれで納得出来そうだけれども。

テトラにそこまでの賢さがあるわけもなく……むしろ感覚に近いように思えた。

ただ理解《わか》出来るのだろう。

――教わるでもなく魔法の使い方を知った俺のように。

おそらくは、そういう能力があるのだ。

まあ俺も自分の魔法がどういう原理で使えているのか全然説明出来ないんだけど。

そもそも全貌《ぜんぼう》もよく分かっていない。

ただ――使い過ぎは危険であると知った。

具体的には『魔力を減らすことが――』なのだが。

「テトラは、その……精霊さんと喋るのに、魔力を使ったりするのか？　ほら？　いっぱい喋ると凄く疲れるとか、気分が悪くなるとか……」

「うーうん。楽しい」

そっかー、お喋りは楽しいかー。

「ちなみに精霊って村にはどのぐらいの数がいるの？」

「いっぱい」

い、いっぱい？

気が付かなかったあなたの身近にも……ほら、ファンタジー。

つかホラーなファンタジーだわ。

いっぱいかあ……ならそこまで危険なことでもないのかな？　そんなにいっぱい居るのなら、既にテトラが危険な目にあってる気もするし。

少なくとも俺は見たことない。

伊達に何年も一緒にいるわけではないので、不調なんか起きていたら一目で見抜けると思う。

上から下まで確認してみたが、テトラは今日も天使だ。

大丈夫……そうに見える。

テトラが、いっぱいいいると言う精霊の紹介を続ける。

「井戸にいるのがー、パシャパシャちゃん。木の下でいつもねてるのがー、ゴロン。ビュービューちゃんはねー、走るのが好きー」

テトラのネーミングセンスは誰の悪影響だろう。

もしかしたらこれが精霊と話せるリスクなのかもしれない。

なんて酷いんだ精霊。

根絶やしにするのはどうだろう？

楽しそうに精霊のことを話しているテトラが、ハッとした表情で何かに気付いたように顔を上げた。

「レー、うんって言ってないよー？　『うん』はー？」

ちぃ、気付いたか。

「うん？」

「ちーがーうー！　もうー！　レーも、ミィーたすけるの、手伝ってー？」

「……うん、わかったよ。手伝う手伝う」

「やったー！　えへへー」

実際に頷くしか選択肢はないのだが、「手伝う」と伝えられたテトラが満面の笑みで抱き着いてくる。

「でも本当に内緒な？　精霊のことも、精霊を助けることも」

ついでに俺のピョンも内緒な？

「……パパにもナイショ？　ニチャにもナイショ？」

「そうだね。ナイショにしよう」

念の為だ。

テトラの能力は相当に良からぬことに使える。

そしてそれが最も有効なのが権力者である。

村長がどうこうというわけじゃないのだが……いざとなったらどうなるか分からない。

村長は村を第一に考えなければならず。

身内だからと考慮してくれない可能性もある。

知っているというのは、それだけ選択肢が増えるということにも成り得るのだ。

テトラの才能を使う時が来ることもあるかもしれない。

……テトラは天使……それだけでいいでしょ？

いや充分過ぎてお釣りがくるわ。

テッドに関しては色んな意味で信用してないので勿論ノーである。

ぶっちゃけ冒険者になるからってテトラを連れて行きかねないとも思っている。

精霊とか食い付き要素過ぎて積み上げてきた信用とか無くなるよ……。

「わかった！　これはあれー……えーと……ふたりだけのナイショ？　のやつー」

うん？

まあ、そう言われるとそうなんだけど。

テトラが嬉しそうだから俺も当然とばかりに頷き返しておく。

「そうそう、二人だけの秘密ってやつで」

「ふふふふー」

随分と持って回った言い方だが……どうせケニアとかアン辺りから仕入れた知識だろう。

二人が何処から仕入れたのかは気になるところではあるが……。

「よし！　そうと決まれば事情を聞こうじゃないか。テトラ、ミィはなんて言ってたの？」

「ふふふふふ……あのねー？　ミィはねー？　セーレーがいっぱいいるところから来たんだってー」

精霊の村？　的な？

そんなのがあるとしたらだが。

ともかく人間のそれじゃないらしいことは分かった。

「それで？」

「それでー、ヒド～～い奴がいるんだって。大きいセーレーさんが、めっ！　って言うんだけど、聞かないんだって」

そりゃ精霊は見えない……いやこいつみたいに見える精霊もいるのかな？

「だからいっしょに行ってー、ダメだよー、ってしてほしい、って言ってる」

……あー、仲裁を求めてるってことでオーケー？

なんでわざわざ人間《テトラ》に……あ、いや！

この場合はテトラの能力が欲しいのか?!

その酷い奴ってのが人間だとして、よしんば『ミィ』のように人にも見える精霊が注意したとしても――

その言葉は分からない。

だからこそ精霊の言葉や存在が分かるテトラに――『翻訳』してほしいのか！

あーあー、なるほど……。

割と真っ当な『お願い』だった。

そこまで変な内容じゃないけど……その『酷い奴』ってのがどんな奴なのかにもよるなぁ。

テトラの言葉に一つ頷いてから言う。

「あー、うん、わかった。俺も一緒に行くわ。それで……その精霊がいっぱい居る所まで、どれぐらいの時間が掛かりそうか訊いてくれる？」

その酷い奴ってのが人間だとしたら……そんなに森深くまでは行かないだろうと思う。

この村が領地の最北なのだから、それより奥に行ったりはしまい。

出来れば日帰り出来るぐらいの距離であってほしい。

「わかったー。…………ふんふん……あのねー、すぐだって！」

空を飛べばとか言わない？

「あるいてー」

そっか…………ところで伝えるのに鳴き声や言葉もいらないんスすね？　いや、まあ、いいんだけど……。

「よし。その言葉がイマイチ信用出来ないのは置いといて……行くとするんなら色々と準備せねばなるまい」

いざとなったら三倍速で行くとしよう。

テトラのお願いごとなのだ、魔法を解禁することぐらいわけないさ……。

そんなこんなで皮算用。

頭の中で色々と予定を立て始める。

「言い訳作りと……テトラを外に出す理由？　そんなん可能なのか？　上手いこと時間を作れば大丈夫か……？　チャノスの家の馬車に潜り込んだことにする……とか？」

「ねーねー」

ブツブツと小声で今後の段取りを口に出し始めた俺の背中をテトラが引っ張った。

……もしやモモちゃんの真似とは言うまいね？

振り返ると笑顔のテトラ。

「あのねー、今日だってー」

何が？
「もうケガもなおったから、今日もどるー、って、ミィが言ってる」
よし。
ちょっとその猫、俺に預けてみようか？
大丈夫、何もしないから。
ちょっとだけだから。

第9話

草木も眠る丑三《うしみ》つ時。
――か、どうかは分からない。
ただ両親が寝静まった深夜であることは確かだ。
俺は徐《おもむ》ろに布団から体を起こした。
交換条件を遂行するために――
へへへ、一日中家にいなかったせいか、ラブるのに忙しかった両親はグッスリだぜ。
よっぽど疲れたんだろうね？　なんでかなんて子供の僕には分かんないけどもね？
こちらの世界観なのか村の常識なのかは知らないが、住民が眠りにつくのは早い。

少なくとも徹夜残業当たり前の世界から来た俺にしたら未だ余裕の時間である。

むしろこの時間に眠るのは早過ぎる方だろう。

それだけに寝たフリが酷なんだよ……そろそろ一人部屋をねだってもいい頃合いか？

そっと布団から抜け出す。

さすがにもう川の字で寝ていなかったので助かった。

……まさかこういう理由で『抜け出したい』という夢想を実行に移すことになるとは思ってもみなかったけど。

両親に見咎められないようにテキパキと動き、閂《かんぬき》を外して外に出る。

中からしか閉められない扉だから、戸締まり出来ないことに不安を覚えるが……実は他所の家じゃする方が珍しいと言う。

異世界だからなのか田舎だからなのかは分からないが、すげー不用心に思うのは俺だけじゃないだろう。

今晩だけだからと勘弁してもらう。

「う、……わ」

隠していた荷物を引っ張り出して、つい癖のように空を見上げると――思わず声が漏れてしまった。

箱いっぱいの星屑をぶちまけたような夜空が、眼前に広がっていたからだ。

………すげぇ。

純粋に綺麗だとは思うが何座やら星系やらは分からない。

ただ地球じゃないことだけは確かだろう。

星座に詳しくない俺でも分かるオリオンすら見えないから。

しかし前の人生で見上げた星空よりも遥かに星が見える。

『ぶち撒けた』という表現に初めて頷ける星空だ。

何気に初めての星見、初めての夜間外出である。

………何が楽しくて精霊とかいう珍妙生物の仲裁なんてやらなきゃならんのか。

せめて感動するぐらいは許してほしい。

ふと見上げた夜空の凄さから、まだまだ異世界らしい風景が村の外にも広がっているのでは？

なんて思うとちょっとワクワクもする。

冒険心が無いこともないんだけど……そういうのは確実に安全で恐怖とは無縁の、そのくせスリルがあるようなことであってほしいと思う。

これって贅沢《ぜいたく》な望みなのかね？　意外と誰でもそう思うんじゃない？

まあゲスな大人としては貰えるかどうか分からない精霊からの報酬に期待するとしよう。

賊にだって溜め込んだお宝を期待するのが異世界なのだから。

不思議生物からのお礼を期待してもいいでしょ？

夜に倣って黒い考えを懐きつつ向かったのは家畜小屋。

そこでテトラと待ち合わせをしている。

6
June
2024
―ニューアイテムラインナップ―
New Item Lineup
TOブックス
SHIBUYA TSUTAYA POP UP SHOP
本好きの下剋上
～司書になるためには手段を選んでいられません～
第1弾特典は ステッカーシール
(全4種)
6階IP書店にて
好評 開催中!
ハンネローレの貴族院五年生1 &ドラマCD11
予約受付中
本好きの下剋上
司書になるためには手段を選んでいられません
-原画展-
OSAKA
5月31日(金)～6月9日(日)
なんばマルイにて開催!
入場料500円(税込)/エポスカードご提示で400円(税込)
※未就学児無料/未就学児のご入場の際には入場特典はつきません。
椎名優先生 サイン会 6/8開催!
原画展会場先行販売グッズ
クリアファイル(2枚セット)
アクリルスタンド(原画展OSAKAイラスト)
ボールペン
(原画展デザインハンネローレカラー/ハルトムートカラー)
ステーショナリーセット
レターセット(アレキサンドリアver.)
ステーショナリーセット第2弾 など
商品のご購入はTOブックスオンラインストアへ!

まさかの即日出発というスケジュール。

これでも待ってもらった方だというのだから、俺の毛玉に対しての印象は悪い。

『直ぐ』って本当に『直ぐ』なんだもの。

あの話し合いのあと直ぐに『じゃあ行こっか？』みたいな雰囲気出しやがって……。

獣なのか？　ああ、畜生《精霊》でしたね？　見たことあるよ、前の世界でも。

クレームが出たからと財布一つで現場へと送り込む上司もお仲間なんでしょう？　畜生め。

テトラを挟んだ交渉の末に獲得した時間を使って準備に費やした。

抜け穴に落ちてたランプ、うちの床下に偶々埋まっていた携帯食糧、チャノスから無断で借りた小刀、その他にもキャンプに必要な物を一揃え。

運が良かったなぁ、偶然ってあるんだなぁ、……東側の木壁沿いの原っぱに、色々と落ちててさぁ？

村の中だからと油断して片付けない奴が悪い。

間違いない。

尚、ターニャには秘密裏の行動である。

万が一、そんなことはあるわけないだろうけど、怪しまれた末に今回も連れてけなんて言われたら堪らないので……。

良い意味でね？　良い意味で。

さすがに遠慮させてもらったよ。

くくくく……テトラが精霊と喋れるということなので、ターニャの動きを逐一報告してもらい、常に先手を取ることで隠し通せた今回の脱出劇《インビジブル・ゲーム》！

やはりテトラの能力は危険だなぁ、あれだけ鋭い幼馴染を完封出来るのだから。

悪い大人に利用されないといいんだが……やれやれ。

その利便性を知ってしまうとテトラ無しでは生きられなくなっちゃいそう。

……俺も気をつけよう。

「あ、レーきたぁ！」

「テトラ、シーッ！　意外と響くから！」

家畜小屋に着くと、防寒装備だが手ぶらのテトラが笑顔で手を振ってきた。

隣には発光する仔猫が浮いている。

自重して？　じゃなきゃ楽器に変えちゃうぞ？

幼馴染には及ばないにしても特徴を捉えたジト目で発光生物を一瞥しながら、抱き着いてきた天使に声を掛ける。

「テトラ、よく起きれたな？」

「がんばった。えらい？」

ははは、全然寝ててくれても良かったのに。

別に待ち合わせ場所に光る仔猫だけしかいなかったとしても……それはそれで話が早かったかもしれない。

凶器は既に俺所有じゃない物を持ってるし……。

夜に備えて昼から寝たのが功を奏したのだろう。

真っ暗で寝やすかったことが敗因か……。

あの少し寒い抜け穴でも一眠り出来るっていうんだから……子供の体ってのはパワフルだね。

抜け穴でお昼寝をかまして夜に抜け出すというザルな計画だというのに……今のところは成功している。

テトラが精霊にお願いして他の幼馴染の動きをトレース出来たおかげだろう。

道具を拝借するのも、俺を探す動きを見せていたターニャから逃げるのも簡単だった。

マジで便利だなぁ……見えない精霊。

「レー」

しかし来てしまったのなら仕方がない……ここはパターン2の『ミィとうっかり逸れてしまったから諦めて帰ろう』に期待したい。

「ねー」

もしくは魔物が出た時用のシュミレーション『ミィをうっかり巻き込んじゃったねテヘペロ』でも可。

「ねー、レー」

「おっと、ごめんごめん。なんだっけ？」

とりあえず家畜小屋の裏が直ぐに木壁だからサクッと越えとく？　で、サクッとヤっとく？

早く行こうと焦れているのかと思いきや、テトラに焦っている様子はなかった。

しかしテトラは珍しいことに笑ってもいなかった。

不思議そうな表情をしている。

…………なんだろう？　なんで嫌な予感がするんだろう……こっちに来てからの虫の報せ率の高さよ。

テトラは言う。

「おきてるよ？」

「うん、頑張ったね？」

それがこっちには予想外。

『うっかり寝過ごされて遅刻』作戦が消えたから、こちとらどうやって発光仔猫を自然に自然へ還そうかと悩んでいたわけなのだが……。

褒め足りなかったのかと頭の撫でてみても……テトラは『そうじゃない』とばかりに首を振る。

……じゃあ、なんだろう？　嫌な予感だ……。

「ター、まだおきてるよ？」

ガッデム。

いくらなんでもそりゃねぇだろ？　バレるわけねえよ。

抜け穴で昼寝して夕暮れ時にコソコソ駆けずり回っただけですよ？

怪しむ要素ゼロですやん。

標準的な村の子供の行動じゃん、何が怪しいの？

………いやいや、ターニャにだって眠れない夜ぐらいあるさ、気にし過ぎ気にし過ぎ……ほら？　昼寝し過ぎたとかでさ？　ね？

食欲に忠実に獲物を探し、腹が満ちたら寝ちまいなを体現するターニャ嬢であるならば、小腹が空いたから等の理由で深夜に起きても不思議ではない…………不思議ではない、筈……。

「ター、『うーん』ってしてる。こう。お外見てる」

逐一《ちくいち》の報告をお願いしていたからか、律儀《りちぎ》にポーズまでとって伝えてくれるテトラ。

布団から体を起こして口に手を当て俯き加減、という……どう見ても考え事してますよの雰囲気《ポーズ》。

他の幼馴染についての報告が無いのは、起きているのがターニャだけだからだろう。

それが唯一の鬼札だ。

「よし、さっさと行くとしよう」

しかし残念ながら間に合うまい……気付くというよりかは、何かが引っ掛かっているというような雰囲気だし。

それでも充分に異常だと思うけど。

ちょっとした入れ違いで半日遭わなかっただけとは考えられないかね？　ほんとどうなってんだよ、ターニャの頭の中は！

ジェスチャーのために座ってしまったテトラに、荷物を一旦地面へと降ろして手を貸してやる。

ターニャなら事を公にしないという信頼もあるので、まさか深夜の訪問をしたりはしないだろうけど……。

何分無茶をする奴なので、深夜だというのに村を探し回るぐらいはするかもしれない。

無いとは思うけど行動するなら早くした方がいい。

立ち上がったテトラを確認すると、宙に浮かぶ仔猫へ促した。

「よし、猫、いや、ミィ。行くぞ、案内よろしく」

「ミィ」

「『しょうがないなぁ』だって！　ふふ、レー、なんか楽しいねー？」

いや全くだね？

こればかりはテトラといえど反論させてもらう。

この旅路の果てに『精霊に物理攻撃は効く』という証明がされるのなら吝《やぶさ》かではないが……。

うふふ、楽しみだね？

後ろ暗い考えを抱きつつも、まずは壁越えからと久しぶりに魔法を使うべく気合いを入れていると、案内役のミィがフワフワと地面に降り立ってしまった。

……………いや、ここで休憩は無くない？　……なんだよ？　エネルギー切れか？　やっぱりクズ野菜の水掛けじゃ、そんなに動き回れなかったのか？

仕方ないので水魔法でも使って水でも出してやろうか……うっかり水圧カッター的なのが出たらごめんな？

そんな物騒な思いを込めた眼差しを自称水の精霊に送っていると、当猫は気にした風もなく地面をニャゴニャゴ、まるで砂遊びするように引っ掻き始めた。

しばくぞ？

こちとら時間が無い言うとんねん。

「かわいーねー？」

そりゃお前だ。

夜中だろうと突撃してくる可能性がある角材娘を思えばモタモタもしていられないというのに……。

あいつ神父のおじさんが管理している教会に角材持って入ってくんだぞ？　すげぇ度胸だろ？

ほんとどうなってんだよ、異世界の常識は！

一番行きたくない俺が一番焦れているという変な事態だ。

なんだ？　それどういうポーズなの？　生理現象か何かか？　それともあざとさアピールか？

なら成功だよ、殺意が止まらねえもん。

そろそろ三味線も辞さないと仔猫型水の精霊を剣呑に見つめていたら——ミィが引っ掻いていた地面から輝きを放つ水が湧き出し始めた。

「いやちょっと」

そういうの困る。

「ミィ、すごいねー？」

「ミ！」

テトラと仔猫が騒いでいる間にも、その水量を増していく光る水。

本当に何してんの？　まさかこれで生理現象とは言うまいね？

心配もそこそこに、ちょっとした水溜まりぐらいの大きさで増水が止む。

……いやそれでは？　どうすんの、これ？　見つかったら神の水扱いされそうな神々しさなんだけど？

――――しかしそんな心配は無用だったようで。

「ミ」

鳴き声一番、ミィが水溜まりにその身を躍らせた。

トプン、と水音を立ててミィが沈む。

深さなんて皆無な筈のそれは、しかしミィの全身を飲み込んで尚も平面を保っていた。

後には波紋だけが残される。

「…………はい？」

「レー、行こー」

いや事件だろ。

ファンタジーが過ぎると思うんだが？

お前、『水』だって言ったじゃん？　それ俺が思う『水』とちゃう。

テトラは処理落ち中の俺の手を掴んで、水溜まりの方へと引いていく。

いや…………これ、いいの？

人が通れるかどうか……よしんば通れたとして、息が出来るかどうか……。

そもそもちょっと怖くない？　うん、テトラが怖さなんて微塵《みじん》も感じてないことは、その足取りからも分かったよ。

しかしどうにもまだ怪しさを感じる精霊なのだ、『うっかり』でやられることもありそうではある。

こちらも『うっかり』で水圧カッター出ないかなぁ、と思っていただけに……。

まずはテトラを落ち着かせるべきだ。

俺一人が足を止めたところで、テトラが入水してしまいそうなのは、その足取りからも明らかだった。

説得は言葉で、ということだろう。

世界が変わっても話し合いこそが人の道さ。

「テトラテトラ、もう帰って寝ちゃわない？」

たぶんそれが一番いいよ？

「あーとーでー」

絶対寝ないやつキタ。

「テトラテトラ、もの凄く美味しい物があるんだけど？」

うちの野菜で作った漬け物、どう？

「いらなーい」

ハハハ、無欲だなぁ。

「テトラテトラ、実家のオフクロさんが泣いてるぞ？」

結局そこに落ち着くんですよ。

「ねてるもん」

ですよね。

ズンズンと進むテトラにカウントダウン。

「わーい」

テトラがピョンと最後のステップを踏む。

その掛け声は違うと思う。

消極的にだが、引っ張られていた俺も重力に引かれるままに水溜まりの中へ。

よし、分かった、俺も覚悟を………あ。

ふと気が付いて手ぶらの自分を省みる。

水溜まりに沈む一瞬。

振り向けば――しっかりと準備した筈の荷物が、寂しげに家畜小屋の前に取り残されていた。

あーあ……。

再びトプンという水音を響かせて誰もいなくなった家畜小屋の前。

残された光る水溜まりは、役目を終えたとばかりに煙のように消えていった。

◇

めちゃくちゃ息苦しい。

繋がれた手からは、いつの間にかテトラの存在を感じられなくなっていた。

鼻から侵食してきた水がツンとくる、動きが重い、喉が辛い。

――水中か?!

ようやく現状を把握すると共に、見えにくい視界にも納得がいった。

水の中に投げ出されたのだ。

いや確かに水の中には入ったけども。

テトラ?　テトラはどこだ?　いない?　いない?!　いないんだけど?!

見えにくくとも流石に身近に居たのなら見落とす筈がない――テトラが行方不明である。

マジか?!　あのクソ猫!

不思議と真っ暗ではないのだが、それだけにテトラの不在もよく知れた。

……息が持たない!　まずは浮上だ!

焦りからか突然故か、長々と潜っていられないと口から空気が漏れる――逆さまに。

――こっちが上か!

どうやら天地が逆転していたようで、泡の行方に気付かなければ、より深く潜っていたところだろう。

急いで反転して水面を目指す。

目的は早々に達することが出来た。

「────バアッ！　ゴホ！　エッホ?!　……ハーッ、ハーッ」

明るさのせいでイマイチ距離感が掴めなかったのだが、幸運なことに水面は割と近くにあったらしい。

いやまだだ！

「テトラ────！」

「あ、レーきた」

いんのかい?!

直ぐさま取って返そうとする俺の叫びに天使が答えた。

声の元へと体を向ける。

テトラは直ぐ近くの陸地に立っていた。

…………濡れてねぇな。

いつもとは逆になってしまった目線に、いつも通りの笑顔でテトラが手を振ってくる。

その姿は水に浸かった様には見られない。

……なるほどね。

あの猫はどこかな？　ああいや説明とかいいんだ求めてないんだ欲しいのは別のものなんだ死ね。

精霊を食べれるかどうかの検証をしてやろうじゃないか、田舎暮らしをナメんなよ？　うふふ。

ギラギラと瞳を滾《たぎ》らせながら陸地に手を掛ける。

テトラが手伝うべく手を伸ばしてきたが、断りを入れて陸地に上がった。

……なんかやけに明るくない？　そういえばなんでだ？

そこでようやく、夜なのにほんのり明るいという不思議に意識が向いた。

「………光ってる？」

「きれーだねー？」

いやどうだろう？　ちょっと不気味じゃない？

ほんのりとした光を放っているのは水ではなく、今も足場にしている陸地の方である。

仄かに白く発光している。

辺りを見渡せば、水ばかりが見える。

視線を上に上げると満天の星空だ。

どうやら村の外にワープしたらしい。

遮蔽物が殆ど無いことからして、そこまでの明るさではないというのに、だいぶ遠くまで見通せるようだ。

ほとんど水である。

もしかして――

「……海？」

「みずーみ、だって！」

湖？　この規模で？

再び視線を下ろせば、暗がりに広がる水面が見えた。

辺り一面水だらけ。

月明かりや発光する地面も手伝ってかなり遠くまで見えるのに、どこまで行っても水面である。

ポツンとある陸地に立っているようだ。

「この規模の湖が、俺らの村の奥に存在してんのか……」

猫への怒りも一時的に消えてしまうほど驚いた。

前世で琵琶湖を見たことがあるけど、ここまでの規模じゃなかった。

「おお、水平線だ」

「すいへー……ってなに？」

「ずっと向こうの線のことだよ。ほら、あれだよあれ」

「あれかー。すいへー……じゃあ『すいへーちゃん』にする」

「ちょっと待って？」

そういえば、誰に湖だと聞いたのだろう……。

キャイキャイとハシャぐテトラの周りには誰もいない。

勿論それはここに案内してくれたミィも含めてだ。

「軽々しく『名付け』を行うものではない……」

疑問に答えをくれんとばかりに、大きくて低い声が轟いた。

…………俺にも聞こえたよ……どうしよう。

「そうなの？」

「ああ……本来なら互いの了承を得る必要がある……」

謎の声と会話するテトラ。

「血と魂を繋ぐ契約……それが『名付け』……能力《ちから》と糧との交換とは違う、自然に身を融《と》かす行い……無垢故に恐れは無く、しかし無垢故に知らぬ……止めよ」

「……わかんない。テー、ダメだった？」

今のこの状況がダメだ、テトラをダメとか吐かす奴がダメだ。

流れからして話し掛けてきたのはミィとは別の精霊だろう。

「おいおいおいおい？　うちの天使に何囁いてくれちゃってんの？　そういうのは面と向かって言うもんでしょ？　とりあえず出てきてくれる？　俺がずぶ濡れになった件と合わせてお話しようじゃない？」

「レー？」

うん、ちょっと溺れかけたせいかカチンときてますよ？

これが招待だと言うのならまた随分な招待もあったものだ。

チンピラよろしく凄んでみせる。

こういうのは最初が肝心だからね、最初が。

ズルズルと何度も頼み事されても困るので、最初から態度も大きく出ている。

詐欺の、違った、交渉の常套《じょうとう》手段である。

どうせまた小動物チックな見た目なんでしょ？　ということとは関係ない。

言う時は言うってだけだ。

ガツンとね。

今度はなんだ？　タヌキか？　カワウソか？　なんなら狼《おおかみ》ぐらいでも怖かないぞ。

「不思議なことを言う……既に目にしている……」

もしかして『闇』そのものとか言わないよね？　もっと目に見える配慮とかしてくれる？　精霊ってちょっと常識ないよね？

更に態度もデカく、声を大きくして叫ぶ。

「いや、わっかんねぇって言ってんの？　なに？　なんならもう帰ってもいいんだよ？　テトラさんスケジュールパンパンだから？　明日も朝から村長と次期村長との会食が入ってんだよ？　うん？」

嘘じゃない。

「レー、レー」

うん、分かってるからテトラ、ただの朝食だね？　でも嘘じゃないよね？　言い方だよね？

グイグイと服を引いてくるテトラに『任せとけ』とジェスチャーを返して再び胸を張る。

口八丁なら大人に任せとけ、大丈夫だから。

こういうのは上下関係ハッキリさせとかないとね。

何処に居るかも分からない相手に続ける。

「あんたらの世界じゃどうか知らんけど、人間の世界じゃ姿を見せるのが礼儀なんだよ、分かる？」

「……そうか……では――」

言葉尻と共に縦揺れが襲ってきた。

地震か?!　いや怒ったか?!

咄嗟にテトラを抱きかかえて地面に伏せる。

「おー」

ぼんやりと呟いているテトラは大物だろう。

いつでも魔法を使える心持ちで揺れが収まるのを待つ。

幸いにして揺れは直ぐに収まった。

「…………テトラ、怪我は？」

「ないー」

普段は地震になんて晒されないので危険度が分かっていないのだろう、ちょっと楽しそうな表情だ。

……台風で家に籠もる子供もこんな感じだよなぁ。

やれやれと、テトラを立たせながら水面にも目をやった。

津波を警戒しての確認だったのだが――――それどころじゃなくなった。

水面が随分と遠くにあるからだ。

ほんの少し前までは……手で届く位置だったというのに。

渋い声が響く。

「これで……構わぬか……？」

先程よりも明瞭に聞こえてくるが出処が分からない。

「いや、これでって……どこに……」

思わずと振り向いた先に――――巨大な眼を見つけた。

…………ああ、そういう……。


――――闇の中に仄かに光る、白い体をした……島と見紛う程に巨大な生き物の、金色の瞳がそこにはあった。


陸地だと間違えて踏んづけていたのは、どうやらこの生き物の体のようである。

再び腹の底へと響く声が辺りに轟いた。

「……構わぬか……？」

「あ、はい…………大変結構です」

むしろもう結構です。

第10話

「ほし、ちかーい」

星座とちゃうねん、正座やねん。

無邪気に素敵を混ぜて型どった天使《テトラ》は、巨大生物――なんでも蛇であるらしい――の鼻先だというのに目の前に散らばる星屑の方に興味があるようだ。

大した胆力だと思う。

もはや『土足もどうなのか？』と靴を脱いで正座をしているチンピラとは大違いである。

だって怖い。

本能が『やめとけ』と忠告してくる。

座ってほしいとの要請を受諾した妖精《テトラ》は、しかし足を伸ばしてリラックス。

ちょっとした天体観測気分で寝転がっていた。

対する招かれざる客扱いなのか湖に落とされるという京都で言うお茶漬けを食らったランクの俺は、意気消沈というか息消沈。

ちょっとした臨死体験気分で正座している。

「ミィー？」

「あ、ミィーきたー」

不意にフワフワと昇ってきた猫型の精霊が、テトラとの再会を喜び合う。

その横で必死に取りなしてほしそうな一般人は、どうやら眼中に入ってないらしい。

お前これは嘘《うせ》やん、反則やん。

チラリと視線を上げれば、何処に向けようとも金色に光る丸い何かにぶち当たる。

月かな？　大きいね？　凄いね？　怖いっちゅうねん。

この巨大な蛇にもバッチリと肉体があるのは今更である。

見えない、聞こえないが精霊の良いところなのではなかったのか……。

上空何メートルなのかは分からないが、かなりの高所であることは間違いがなく……この蛇の巨体についても理解させられた。

否応なく。

「……どう……した……？」

どうしたもこうしたもねぇよ。

ちょっと魔法が使えるからと調子ノッたんだよ、分かるか？

この蛇は無理、この蛇相手にイキれるわけないっスよ。

強化魔法を使用して力の限り全力で殴ったからといってどうなんだ？　ちょっとチクリとするぐらいかな？

そんな巨体。

もう巨体とか言ったら巨体に失礼な巨大さである。

対比を表すのにビルやら橋やらの人工物じゃ足りないぐらいの大きさだよ。

まさに山が動くようなもの。

デイダラボッチかな？　そういえばあれも広義な意味じゃ精霊かな？　そりゃ抗議するね、ええ勿論。

ボソリと呟かれる言葉に総毛立つ。

「……言葉が……通じぬ……か？」

「いや全然分かりますすいませんごめんなさいご気分が優れないようでしたらまた後日対談という形にしてもらっても全然構わないのでそうしましょうかそうしましょう！　テトラ！　お暇しようか?!」

「う？」

「ミ？」

無理無理無理無理、これは無理。

まさに理《ことわり》が無ぇなんてもんじゃねぇだろ?!　少しは理《ことわ》って！　断る！　ってねハハーン?!

もうずぶ濡れとかどうでもいいわ、水没したせいなのか止まらない汗のせいなのか分かんなくなってきてるから。

目を合わせることを避けて湖の方を見れば、先程までは水平線だったというのに上からの角度じゃ陸地が見えた。

この蛇にしてみれば、なるほど。

巨大な湖もちょっとしたプールぐらいの広さなのだろう。

渋い声が再び響く。

「……話を……戻そう」

「あ、はい」

「はーい」

そもそも何の話をしていたのかも、もう覚えていない。

えっと、謝罪に来たんだっけ？　……ああ、仲裁だった、仲裁。

再び蛇の片眼を見つめて思う。

……………ちょっと、……無理かなぁ？

このレベルの蛇の言うことを聞かない奴の仲裁って何よ？　相手は巨人か？　そりゃ誰でも嫌がるよ、出来ないよ、ふざけんな。

間に挟まって死ぬ未来まである。

というかそれしか見えない。

「『名付け』を止めよ……」

…………名付け？

どうしよう、話の前後を覚えてないって言い辛いんだけど？　しかも、お前の顔のインパクトで全部吹っ飛んだわ?!　って言えないんだけど。

「はーい」

混乱しながら困惑を悟られないようにする俺の　横で、テトラが元気に手を上げた。

あ、そうそう、テトラだ。

テトラに何か……あー、「すいへーちゃん」だっけ？

変な呼び方すんなって話だったっけ？

「……『名付け』は人足る部分を削る……人を離れ、神へ近付く……望まねば踏み留まれる……止めよ」

「えーっとぉー……？」

「なんか望んでないならやめなさい、ってさ」

嫌だからやめろや、ってさ。

「わかった、やめるー」

『名付け』って、そのまま名前を付けることだよな？　なんか行儀しい言葉が並んでたんだけど？

……え、なに？　危ねぇの？

だとしたら、テトラは手遅れだ。

既に色々とお友達に名前を付けている。

…………え？　危ねぇの？

焦りが恐怖を押して口を開かせる。

「テトラは既に複数の精霊に名前を付けた後なんですが……何か影響があるんですか？」

「……ない……今は、まだ」

正面から見つめ返していた蛇の瞳が、ゆっくりと閉じられる。

それだけで大きく風が舞う。

しかし構うことなく続く疑問を口にする。

「あの……『名付け』を続けると、テトラにどんな不利な要素《デメリット》があるんでしょうか？」

言い方が引っ掛かるせいか気になってしょうがない。

「……不利などない……故に人では……なくなる」

そりゃ大事だろうが?!　充分なデメリットだろうが?!

蛇がゆっくりと目を開く。

「……属性に融けた同胞は、愛し子を誘う……それは本能故に避けがたい……人を辞めぬのなら、頑是《がんぜ》たれ……降りてきた我々にならば、抵抗も出来よう……誘うのを止めよ」

マジで分かりやすく言ってくれ、ラノベ脳だけど付いていけねぇよ。

分からない部分を端折っても、『人じゃなくなる』というデメリットがあることは分かった。

既に天使やん、というのは置いとこう。

……人じゃなくなるだと？

チラリと横目に見たテトラは、俺と目が合うと嬉しそうに微笑んできた。

いやどう見ても天使《天然》だよ。

魔性だもん。

なんか精霊の頼み事を聞いてやってきたのに、意外な事実が発覚したことに動揺を隠せない。落ち着け。

これから『名付け』とやらをしなければ問題なさそうではある。

俺も気を配ることにしよう。

「あの……それで……」

「『名付け』を止めよ……」

それはもう分かったっつーんだよ。

なんだこの蛇、ボケてんのか？　こっちがツッコめると思ったら大間違いやぞ？　怖すぎてノッちゃうぞ？

「ミ」

「……む」

戦々恐々としながら前に進まない話にイライラもしていると、光る仔猫が大蛇の鼻先を叩いた。

催促だろうか？　早くしろって？　だとしたら気が合う。

池ポチャに関しては不問にしてやろう。

しかし傍目から見たら次の瞬間には食われかねない光景である。

おかげで身内同士の会話と分かっているのにドキドキだ。

……身内なんだよね？

「ミ、ミ、ミ」

「かわいーねー？」

ポフポフと肉球で大蛇の鼻先《地面》を叩き続けるミィ。

その猫の頭を撫でるテトラ。

恐らくは意思の疎通を図っているんだろうけど……テトラさん？　通訳してくれます？

この沈黙と相まって非常に心臓に悪い。

「……しかし幼子だ」

ポツリと呟いた大蛇、吐息の代わりなのか鼻息を吹き出してのご返答である。

なお会話の内容は分からない。

本人にとったら大した動作じゃないようだが、その巨大さ故に被害も甚大だ。

おかげで上に乗っている俺達は揺れる揺れる。

ちょっと降ろしてもらっていい？　生きた心地がしないや。

「ミ！」

ガリッと鼻先に爪を立てる猫。

なんらかの行き違いがあった模様。

ちょっと帰らせてもらっていい？　生きた心地がしないや。

その後も続く喋る畜生共の意思疎通。

「……認められぬ」

「ミ！　ミ！」

しかしどうも意見の食い違いがあるようで、契約取ってきた社員に上司が首を振っている雰囲気がある。

もしくは駄々を捏ねる子供に言い聞かせる親の空気感。

ようするに『返してきなさい』。

もしそうならこちらとしては願ってもないことだけど……話の内容がハッキリしないから余計な口出しも出来ない。

ほんの少しのミスが命取りになりそうな気配がある。

だって他意は全く無かったとしても、この大蛇の勘気に触れるだけで命とか消し飛びそうだもの。

……本当、『俺が行けばなんとかなるっしょ？』とか思ってた昼間の俺を殴ってやりたい。

こんなのどうにもならないでしょ？　大人しく正座してるしかないでしょ？

唯一可能性があるとしたら、こいつらの会話が分かるテトラだけなのだが……。

「ふふふ、ミィ、かわいーねー？」

プリプリと怒っている猫のヒゲを引っ張って遊んでいるテトラだけ……。

今度からテトラが無理を言ってきたら、全力で止めるようにしようと思う。

…………それも生きて帰れたらの話なのだが。

「……生じたばかり……だからだ」

「ミ?!　ミ、ミ？　ミィーー?!」

「……それもまた流れ……沿う、だけ……」

「ミ！　ミィー！」

もう知らないとばかりにテトラの腕を掴み飛び立とうとするミィ。

――――いや待てい。

ここが何処だと思ってんだ？　お前と違ってテトラは飛べんわい！

フラフラと立ち上がるテトラの手を取って引き止めた。

「ミ⁈」

あ、これは分かるぞ？『なに⁈』って感じだろ？

いやお前が何すんだよ、怒って誤魔化すんじゃねぇよ。

「テトラを連れてくな。テトラは人間だぞ？」

テトラを解放しろ、ってね？　いやほんと。

飛べるわけねぇだろ、人をなんだと思ってんだ？

「ミ？　ミ、ミィー？」

「あー……ミィ、ダメよー？　レー、行っちゃダメって言ってるもん。レーが言うなら、テーは行かない」

「ミィ⁈」

いやいやなんで驚いてんだよ、付き合いの長さも深さもこっちのが上だわ。

お前が選ばれるわけねえだろ畜生。

手酷い現実を突きつけられた子供のように――テトラの手を離して一目散に湖へと落ちていくミ

イ。

「泣いちゃった」

「よくあるよくある、テトラも俺が小屋に行かないと泣いてただろ？　あれと一緒さ」

「テー、泣いてないもん！」

「嘘つけぇ、もうギャンギャン泣きながらフラフラフラフラしてたじゃん。ヘタリ込んで村中に響く泣き声上げてたじゃん」

そんなテトラを放置する幼馴染達だったじゃん？　眺めている大人達の方が、まだ心配そうに見ていたことを覚えている。

「……もー！」

珍しく頬を膨らませるテトラが、ポカポカと俺の　肩を叩く。

これが幸せってやつかな……。

「……すまぬ」

ほんとだよ？

お願いだから現実に引き戻さないでくれるかな？

テトラの空気に呑まれていたが、ここが何処で今が何時なのか思い出してしまった。

そんなテトラが大蛇に返答する。

「うーうん、いいよー」

笑顔で返答しながらも、俺を殴る手を止めないテトラは……やっぱり天使で間違いない。

だって『ポカポカ』って温かい擬音だもの、きっと優しさが溢れてんだね？

どうやら交渉は決裂してお役御免な気配である。

お暇する旨を切り出すなら今だと思うのだが……どうしよう？

正直、時間に関してはタップリと余っている。

そもそも朝日が昇る前に帰ることを計画していたから今の状況は嬉しい誤算である。

案ずるより産むが易しってやつかな？　これも俺の日頃の行いの賜物だろう。

品行方正な毎日の積み重ねが、俺にお返しをしてくれているのだ。

『帰ります』という言葉を切り出し倦《あぐ》ねていると、テトラが先に口を開いた。

「でもー、悪いの……めっ！　しなくて、だいじょーぶ？」

テトラテトラ、黙っときなさい。

「……うむ……どうにか、なろう……我等に手を出したのも……偶然」

さすがは大蛇、言うことも大きいっすね？　さ、帰ろうか？　出口はどこですか？

「……元より……狙いは、森に潜む魔物……だった、ようだ……ここは聖域……魔物など……居らぬ、のにな…………」

…………。

大蛇の言葉に引っ掛かりを感じる。

森に潜む魔物……魔物のいない森に住む『森の魔物』……。

それが酷い奴の狙いらしい。

……ちょっと聞いたことあるような無いような……。

偶然にもうちの村の周りも魔物が出ない。

だからこそ開拓しているというのもあるが……。

魔物がいない森に潜む、『森の魔物』狙いっスか……。

嫌な予感が口を開かせる。

「……あのー？　なんでも争いごとの仲裁というか、通訳のような仕事だと聞いたんですけど……相手は、その……顔に傷がある男だったりしますかね？」

「……人の形は、我には些細……大きいか、小さいかしか……分からぬ」

凄い嫌な予感がする。

……仮に、仮に相手があの傷顔の男だとしよう。

狙いが俺……というか蔓《つる》版ミイラ男だったとして、それが後々バレたらどうなるのだろうか？

話の断片を纏めると、精霊に手を出してる奴が居て？　でも元々の狙いは森に潜む魔物で？　しかし聖域故に魔物なんていなくて？　代わりに魔物と間違われて精霊が狙われている、と？　……へ、へー？

なんかめちゃくちゃ珍しい魔物と勘違いして驚いていたような気も……。

つまり俺が釣り出しちゃった——という可能性も無きにしもあらず……。

「……人の気配が、あった故に……責も人に求めた……しかし無垢な幼子を……巻き込んでまで、とは……思わぬ…………どう、した？」

酷く汗を掻く俺に、大蛇の体——踏みしめていた地面が僅かに動く。

「いや、暑い日が続くなぁって！」

「くちゅ！」

テトラさん？

何故ここでクシャミ？

「……ふむ……？」

薄く細められていた蛇の目が、何故か開かれる。

恐らくはテトラを心配してのものなんだろうけど——隣にいる俺にも視線が突き刺さるのは仕方ないわけで……。

蛇に睨まれた蛙のような心境を感じてしまうのは、恐怖からか、心当たりからか……。

テトラ案件だと思っていたらまさかの黒歴史《俺案件》というドンデン返し。

責任を取るのが大人だよな……。

恐る恐ると手を上げながら、声を震わせつつも言う。

「あ、あの～……よろしかったら私めがお手伝いさせて頂きたいなぁー……なんて？　へへへ、微力ですが……」

睨まれたら《押されたら》ゲロっちゃう《出ちゃう》よ……仕方ないでしょ？

それが小心者の性なんだから。

「……何故、だ？」

何故って？

そりゃ俺が勘違いの元だからだよ。

――なんて言えるわけもなく。

「レー、いい子だからー。テーもいい子」

変わりとばかりに答える天使の言葉が刺さる。

すいません、自分で解決したら有耶無耶に出来るかもなんて考えてすいません。

しかし尚も不思議そうな空気を漂わせる大蛇に弁明の言葉が口を衝く。

「まあ……あれですよ？　人の責？　は人が負うべきかなー……なんて」

言葉尻にいくに連れて声が小さくなる。

だって見つめてくる迫力が半端ない。

思わずゲロっちゃいそうだ……物理的に。

偶々の偶然だと思うんだよ？　森に出た魔物なんて……字面だけ見ればなんの不思議があろう、冒険者にとっての日常。

それが因縁のある傷顔の男かどうかも分かっていない。

ただ場所がよろしくない。

なんで村の奥……しかも普通なら魔物が出ない聖域とやらで『森の魔物』なんて探しているのか

……。

そんなのちょっと意識しちゃうじゃん？　元祖森の魔物としては『……もしや？』って思っちゃうじゃん？

噂が噂を呼んだ『森の魔物』。

その存在の不確かさ故に、もはや気にする奴なんていなくなったと思っていたのに……。

正規の冒険者だって諦めて帰ったよ？　誰だよ！　しつこく粘着すんじゃねえや！

こちらの言葉に納得したかどうかは分からないが、大蛇は再び目を細めた。

「……そうか」

……注目を感じる、注目を感じるぞ！

テトラの添え物という立ち位置だったモブを、『もしやこれは食べ物なのでは？』と見つめる大蛇の注目を！

これはバレたら食べられる、食べられちゃうぞ……。

幸いなことに、テトラがお友達になった精霊は村在住のようなので、村の外の出来事にまでは精通していないようである。

じゃなきゃ今頃テトラがポロッと言っている可能性が高い。

『森の魔物』の実態は、俺とターニャだけが知る秘密だ。

墓まで持っていくことをに決めた。

ていうか二度と変身しない。

大蛇が独り言のように続ける。

「……人というのは……愚かで、弱々しく……常に自らを貶める存在だと……思って、いた……」

「そんなことないよ？」

「……ああ……そのようだ……」

「レーねー、テーと遊んでくれるー。あとね、ヤサイも作れるし、アンと走ったりもするー、すごいねー」

最後のはどうだろう？

「………人の罪を、人が雪《そそ》ぐ……の、なら……敢えて伝える……必要も……無くなる」

……なんだ？　何を、誰に、伝えるって？

誰かと連絡でも取ってんのか？

「……まして……お前のような……歪な存在が……な……？　……世も……見棄てたるに……早い」

……………え？

「――うわ?!」

「おー」

聞き返すよりも早く――白い蛇がその体を動かし始めた。

ゆっくりとした動きなので気遣ってはくれているんだろうけど、一言あってもいいと思う。

ミィとかいう仔猫モドキもそうだったが……なに？　精霊ってのはマイペースか？　あれか？

ターニャの眷族《けんぞく》か何かか？

「あはは、レー、みてみてー？　ビュンビュン」

うん、結構風がモロだね。

わざわざ手を広げて風を全身に浴びるテトラの背中に、倒れないようにと手を置いて、蛇が進む先を見つめる。

どうやら陸地を目指しているらしい。

巨体だけあって凄い速度だ。

陸地が見る見る近付いてくる。

「……季節が……一巡りする程前……アレは、現れた……」

ゆっくりと高度を落とし始めながら蛇が語る。

恐らくは粘着している奴のことだろう。

季節が一巡り……一年前かな？

「……不可思議で歪な……生き物ではなく、魔物でもない……しかし人の気配が……色濃い」

………うん？

思わずと訊ねる。

「生き物……じゃないんですか？」

でも人の気配がある？

てっきり冒険者、もしくは傷顔かと……。

「……それが何か、我は知らぬ……しかし……生き物では……ない」

人間ちゃうんかい⁈

ちょっと訳分かんないことを喋っていた偽冒険者が選択肢から消えた。

さすがに『実は死者《スケルトン》でした』なんてこともあるまい。

ここに一人、微妙な奴もいますけど。

傷顔の男の可能性は高く思えたから意外である。

……なーんだ、早とちりしちゃったか。

「……人が、神の……真似事を、している……哀れな……道具だ」

ちょっと何言ってるか分かんない。

「……アレは、森に入り……精霊を、狩り始めた……此方側に、降りている幼子を……しかし融かすと……見失い、また探し……繰り返す……飲まず、食わず……生き物に、あらず」

……うん？

飲まず食わずって……本当に生き物じゃないな。

本気でスケルトンやゾンビとかの可能性もありそうな……。

だとしたら言葉が通じないというのも分かる。

「……多分に魔を含んだ、『土』故に……我と相性が悪く……言葉も届かず……今は、寝ているのか……動かぬ……」

……寝てる？

生き物じゃないって話じゃ……ああ、もういいや。

なんかこの蛇の話し方ってよく分からん。

話し合いでなんとかなりそうなら話し合いで――

生き物じゃないって言うんなら、遠慮なく魔法をぶっ放してもいいだろう。

元より傷顔の男だったらブン殴ってふん縛って領主様に突き出すつもりだったし。

とりあえず見た方が早いでしょ？

話し合うにしても、殴り合うにしても。

イマイチ理解していないのか、テトラが楽しそうに言う。

「レー、めっ！　ってする？」

「おう。レーは悪い奴を見つけたら『滅っ！』ってするように言われて育ったからなぁ」

だからいつかテッドやチャノスにも「メッ！」ってするわ。

どんどんと水面が近付いてくる。

と、同時に陸地も近付く。

進んでいるというよりか、体を曲げ伸ばししているだけなのだろう。

……なんて規模だよ。

倒れ込むだけで橋が出来そうだな。

「……アレを、我は封じている……この森の、一部で迷わせ……行くことも、戻ることも……叶わぬように、した……しかし、生ある者ではなく……故に……朽《く》ちぬ」

そろそろ俺の森デビューも近いのに、森に入り難くするようなこと言うのやめてくれます？

迷わせるって……そんなことも出来んのかよ……万能だな精霊。

大蛇の鼻先が本物の陸地へと着いた。

「……ゆけ……雪いでみよ……」

「はーい」

「あ、テトラはお留守番で」

どうも精霊達のテトラに対する態度は丁寧で、扱いも慎重なもののように感じられた。

心配ぶりや敬愛の感情が言葉の端々から見え隠れしている。

比べるのもどうかと思うが、池に落とされた俺とテトラでは同じ人間扱いされてないようにすら思える。

やはり言葉が分かるというのが大きいのだろう。

日本語ペラペラの外人と母国語しか喋らない外人に対する日本人みたいなね？

なら待っていてくれた方が安心出来そうである。

テトラの意志は汲んでくれるようなので尚更だ。

それに、当初の予定通り……とはちょっと違うものになったけれど、荒事は概《おおむ》ね俺が引き受ける気でいた。

だから想定通りだ。

あとはジトッとした目で見つめてくるテトラを説得するだけである。

子供を説得するなんて造作もない！

「……今度また一緒に『おままごと』してあげるから」

ただ口にするのにはそこそこの勇気が必要だった。

「わーい！　わかったー、レー、いってらっしゃー」

……皆でね？　幼馴染、みーんなでだよ？

分け合おうじゃないか……なんせ俺達は幼馴染なんだから。

埒外《らちがい》の傷を負いながら、大蛇の体から陸地へと降り立った。

すると――

ガシャガシャガシャ

…………俺の足音じゃないよね？

ずぶ濡れなだけで、ここまで重々しい音が鳴るわけもなく――

森の奥、暗闇の中からそれは重々しく……金属が擦れるような音が連続して、夜の静寂に響き渡った。

第11話

真っ暗な闇の中から、そいつは現れた。

月明かりが照らす光沢のあるボディ、真珠のようなツルツルの一つ目、体高は想像よりも遥かに低く、ともすれば俺と同じ程度である。

巨大過ぎる大蛇の前に踏み出してきたというのに、そいつからはまるで恐れが感じられなかった。

感情が無いかのように。

…………………………いや、無いんだろうなぁ。

出来の悪いパペット人形を四脚《よつあし》にして大きな魚眼レンズを瞳の代わりにと付けたらこうなる——というような風体のロボットが、夜の森を掻き分けて現れた。

「話が違うよね?」

「……ぬ?」

「レー?」

いやこれファンタジーやから。

あれどう見ても少し不思議フィクションやから。

ガシャガシャという重みを感じさせる金属製の足音を響かせて現れたロボット。

こちらへと近付いて来ているせいか……より詳細な姿が分かる。

足は一本一本がナイフのようで、突き刺して歩いているせいか踏みしめる度に地面に穴が空き
……両手に当たるパーツには、ＵＦＯキャッチャー染みたロボットアームと刃物のようなソードアームが装着されていた。

随分と攻撃的なフォルムだと思う。

殺る気を感じるよ、新卒なんて目じゃないぐらい……。

ロボットなら配線が伸びてたり関節が弱点だったりしそうなものだが……このロボットにそれは無い。

剥き出しの配線は見当たらず、関節は球形で……それこそ本当に人形染みていて、どうやって動いているのかも分からない感じだ。

……魔物じゃね？　これもそういう魔物なんじゃね？

僅かにも弱点の可能性を感じさせるのは、頭部と思わしき位置にある真珠のような一つ目だろう。

いや、瞳というか――

……カメラかな？　見えてる？　もしくは――撮られてる……？

思わず手を振ってしまいそうになる程に、それはレンズだと言われれば頷けそうなぐらい前世にあるカメラのようであった。

『映ってる?』と疑ってしまうぐらいにはカメラ染みている。

しかしロボットにしては不気味な程に静かだ。

移動する上で仕方ない破砕音ぐらいしか響いてこない。

せめて『ウィーン』ぐらいの駆動音は出せや……純粋な重さだけの音とそれに反するような滑らかな動きとか……不可思議過ぎて気持ち悪いわ。

しかも脚部に値する四脚を、蜘蛛《くも》のように動かしているだけに尚更だ。

地面に穴を空ける時にだけ出す足音(?)が、こいつの存在証明となっている。

なるほど。

「不気味やわぁ……」

「目、いっこ!」

そこに疑問を感じなかったのは前世の教育の賜物だろう。

テトラに指を差されると、そのロボットっぽい何かは足を止めた。

その瞳がテトラへと向けられる。

「……む。……また、あれ……か」

呟くと同時に大蛇が動いた。

——速っ?!

「テトラ!」

思わず叫んでしまうほど、大蛇の動きは速かった。

急激な速さで大蛇がテトラを上空へと連れて行く《首を伸ばす》——と同時に甲高い、高周波のような音が耳を刺す。

原因はそれっぽい奴だろう。

テトラに注意を逸らした一瞬で、ロボットの魚眼レンズが仄かな光を帯びていた。

……ライトかな？

答えは直ぐに表れた。

夜の闇を切り裂くように——魚眼レンズから放たれた一条の光が空へと昇る。

こんな時ばかり『キュン』というロボロボしい音を響かせて——

傾ける角度に限界があるのか、蛇の首の中腹ぐらいにぶち当たる一条の光《ビーム》。

開いた口が塞がらないとは正にこの事。

それはファンタジーが過ぎる。

ビームが出てきたこともそうなのだが——それを腹に食らっても焦げ跡しか出来ていない蛇にも驚きだ。

怪獣大決戦である。

「マジかぁ……」

ちょっとした深夜のお散歩《面倒事》ぐらいの覚悟で来たから……理解が追い付かないぞ？

もしや俺の体はまだ自宅にてお休み中なのかもしれない。

上手いこと起きれなくて寝坊している……そんな可能性を希望します。

照射時間は短いのか、横薙《よこな》ぎにするというようなこともなく、しかし魚眼レンズの周りの空気を歪ませて放熱を露わにしているロボット。

頭部の傾きを戻して――

……気のせいかな？　今度はこっち見てない？

月明かりとは別の光を再び魚眼レンズに溜め込む四脚。

「――マジかぁ?!」

洒落にならん！

刃物を持った大人の相手を想像していたのに……レーザーを放つロボットにグレードアップするのはズルいと思う。

このチート野郎がっ！


――チートにはチートで対抗する！


身体能力強化と肉体強化、それぞれを三倍で併用してミッションリンク。

久方ぶりの命令に湧き上がる魔力が奇跡を体へと落とす。

あらゆる感覚が広がり、血流が勢いを増す。

零れ落ちる吐息が熱を持ち、筋繊維の一本一本が唸りを上げる。

身の内に宿った奇跡《魔法》が――常識を凌駕する。

超強化された肉体が横っ飛びするのと、ビームの発射は同時だった。

――さすがに光の速さには勝てないか?!

時間が止まったような感覚の中で、しかし追い掛けんと迫ってくる光の柱に冷や汗が垂れる。

ジュ、という空気を焦がす音が耳に響いた。

幸運なのは照射時間が短かったことだろう。

なんとか消えたビームの残滓を目で追いながら体勢を立て直す。

水上を疾ったビームに水が水蒸気へと瞬時に変換され、連鎖的に起こった水蒸気爆発で湖の水が雨のように舞う。

落ちてくる水の速度が緩やかに感じられるため、水滴が固まっているようにすら見える。

引き伸ばされる時間の中で、説得など端から無理なのだと理解した。

じゃあどうするか?

ぶっ壊そう。

あれがテトラに向けて撃たれた以上、破壊するなんて当たり前だ。

そもそも危険過ぎるだろ、なんだあれ?

見た目にはロボットにしか見えない光沢なのだが、そういう魔物と言われればまた『そうかも?』と頷ける。

しかしどう見ても熱に強そうな造りをしている。

なんたって超高温のビームを放つわけだし。

つまり魔法を当てるのなら『火』以外になるだろう。

そして俺の『水』や『土』といった魔法はショボい。

唯一使えそうなのは風魔法だが……効くかどうかは微妙な線だ。

頑丈そうなのも重そうなのも明らかなのだ。

万が一竜巻に巻き込めたとしても……上空をグルグル回りながらビームを乱射でもされたらお手上げである。

なら選択肢は一つ。

物理一択。

いつの世も筋肉が正義なんだよ、畑仕事を始めて分かった。

体を回転させながら受け身を取ると、ダメ元で思いつきの魔法を一つ行使する。

イメージを補強せんと叫ぶ。

「霧《フォグ》！」

——いや出んのかい⁈ もう魔法よく分からん！

周囲を舞っている湖の水のせいなのか、元から使えたのかは分からないが……。

イメージ通りの魔法が湖岸《こがん》を包む。

一歩先も見えなくなるような濃い霧である。

前の世界でも山道を運転している最中に出くわしたことがあるが、あのときは一歩も動けなかった。

動くのもそうだが、動かれるのにも困る代物だ。

しかし今は五感が強化されている最中なのだ。

霧が周囲を包む前にロボットが居た位置に走った。

ターゲットが碌に動いていないことを、強化された五感が教えてくれている。

幸いながらロボットの速さはそれ程ではないように見えたので一撃はカマせそうだ。

――この一撃で、あのガラクタの防御力を推し量る！

瞬く間にロボットとの距離を潰した。

――――とった！

やはり動きそのものはそれ程でもないのか、ビームを撃った体勢のまま為す術もなく立ち尽くしていたロボット。

霧の中にあって目標を見失っているのかもしれない。

その姿をつぶさに確認出来るほど敵が接近しているというのに、無防備な横っ面を晒したままである。

つまりやりたい放題。

しかしさすがに正面から挑む度胸は無かったので、目測されていない有利を活かして横合いから攻めてみる。

狙いは腹だ。

レンズが弱点っぽく見えるのだが……ビームの発射地点もそこなのだ。

どう考えても暴発が怖い。

殴ったはいいけど『爆発に巻き込まれて片腕も無くなりました』では済まない。

ならノーリスクでダメージを与えられそうな部分がいい。

いつでも腹さ、男なら腹、リーゼントも言っていたじゃないか。

モーションも大きなテレフォンパンチを、ロボット野郎の金属っぽい胴体に放り込む。


――かっっっっっっったあ?!！！


ガオン、という金属が派手に凹むような歪な音を響かせて、霧の中をぶっ飛んでいくロボ。

そして拳を押さえて蹲る私《わたくし》。

油断というのは、いつでも勝ったと思った時に己を襲う。

勝ったというか硬かったというか……。

……いっ…………てぇ……ぐぅ?!　なんでこんな……。

『殴る方も痛い』という名言に今なら頷ける。

マジで痛い。

ブルブルと震える手を上から押さえ、痛みに耐えながらも我知らずと涙が浮かぶ。

咄嗟に使えなかった回復魔法を今更ながらに行使する。

霧の中に緑色の光が生まれた。

回復魔法の光で痛みも腫れも瞬く間に引いていくが、出した涙は引っ込まない。
油断――――と言っていいのかどうか……。
強化された身体能力だったら、金属も粘土細工のような硬度に感じられることだろう。
しかし鉄や鋼なんて比ではない硬さであった。
少なくとも賊の皮鎧よりも遥かに硬いであろう痛さだった。
あのときはアドレナリンが出ていたからか、痛みを気にすることはなかったが……。
それでも今回の一撃の比ではないような気がする。
確認はしていないが……間違いなく拳が潰れただろう。
芯に響く痛さだった。
不意にバキバキという随分な轟音が響く。
ロボットが何処ぞに叩きつけられただろうと予測。
いつぞやの賊みたく、木々を薙ぎ倒してのアクロバットを披露したようだ。
ちょっとはダメージになっただろうか？
霧の発動を保ちつつ、環境破壊も著《いちじる》しい痕跡を追う。
目標は直ぐに見つかった。
予想通り、木にめりこんだロボットを発見。
その腹にはベッコリとした凹みも刻まれていた。
拳を潰した甲斐もあるというものだ。

「……これは行動不能でしょ？　割とあっさり――」

その成果にホッと一息つこうとしたのも束の間。

ロボットに動きがあった。


見る見るうちに、腹の凹みが直っていくのだ。


………お湯に浸けたピンポン球みたいだなぁ。

なんて安直な感想を他所に――ガション、という音を響かせてロボットが立ち上がった。

「クソッ！」

回復するなんて恥を知れ！

キリキリとコマ送りのように動く魚眼レンズの射線から飛び退いて霧の中に身を隠した。

ビームが腕を焼いたのは次の瞬間だった。

しかし熱さは感じるものの、減退された威力に三倍の併用効果で高まった頑丈さがビームの破壊力を凌駕する。

僅かな焦げ跡すら付くことなく照射が終わり、無事に距離を取ることが出来た。

「昔マンガでビームとやり合うシーン読んでて良かったよ?!」

ヤケクソである。

内心ヒヤッとしたのはここだけの話。

しかし続くビームの乱射から無駄口も閉じることになった。

それまでの線のような照射と違い、弾幕のように細かい乱射が続く。

しかも的を絞らせないようにとジグザグに動いているというのに、この霧の中をピンポイントで俺の方へと撃ってくる。

霧の中は捕捉出来ないんじゃないのかよ?!

「こりゃ戦略的撤退も止むなし！」

風穴を空けながら薙ぎ倒される木々を避けつつ、湖岸沿いを走る。

出来るだけ遮蔽物の多い森側に誘導したいところだが……。

この小っさいビームはいつまで撃ち続けられるんだ？　……まさか途切れないってことはあるまいね？

異世界のエネルギー事情は中々に革新的なので否定しようにも材料が無い。

嫌な予感ばかり積み重なる。

時折フェイントを掛けてみるが、間違いなく位置はバレているようで……ピンクの光《ビーム》が俺を追ってくる。

恐らくは目標を追跡する機能のような物が搭載されているのだろう。

先程の一撃で排除対象として認識されたに違いない。

やだ、ありがたくて涙が出そう……。

しかし……となると森に入ったからとて必ずしもあいつを撒けるわけではないようで……。

どうにかして再び距離を潰さなくてはいけない。

なんせ遠距離攻撃手段が無いのだから。

嘘みたいだろ？　俺、魔法使いなんだぜ……。

出来れば一度こちらを見失ってもらえば助かるのだが……。

…………いや、テトラの安全を考えると今がベストな状況なんだけど。

「――いッ！」

な?!

遮蔽物――木々を利用しながらロボットから距離を取っていたら、思わぬところから撃ち込まれたビームに被弾した。

どうやら細かい方のビームは被弾時に小さな爆発を起こすらしく、続け様に入れられたビームにまるで連続で殴られるように、俺は湖岸へと引き戻された。

――曲射なんて出来んのかよ！

衝撃に押される体が湖へと投げ出された。

水中に没した体に、今度は太い方のビームが来るかと身構えたのだが――

「…………？」

いつまで経っても追撃は来なかった。

まさか……見た目そのままに水中に潜れないんだろうか？

そう考えれば、あの大蛇が追跡を受けていない理由にも納得がいく。

いざとなったら水の中に潜って逃げていたのだろう。
だとしたら少しは時間が稼げそうである。
今のうちにあのロボットに接近する方法を考えねば……。
問題は一点。
呼吸をどうするかである。
——モグラ叩きのモグラを待つように、水上で待ち構える魚眼レンズが連想出来た。
このままだと狙い撃たれちゃう。
策はある。
意外に深い湖の底へと潜りつつも、水面の様子を窺う。
……やはり追っては来ないようだ。
となると……やはり水中を嫌っているのか、はたまた——
「ミィ？」
うわビックリしたあ?!
突然顔を出した仔猫が『どうだった？』とばかりに首を傾げている。
見れば分かるだろ？　大切な空気が無駄になったよ?!
動揺からゴボリと溢れた気泡が浮き上がっていく。
いかん、早く呼吸する方法も考えねば！
——と言ったところで、直ぐに思い付く方法なんて一つだけである。

水中での呼吸を魔力に願う。
つまり魔法頼みだ。
出来なきゃビームが待つ海上に顔を出さなくてはならない。
魔力を練り上げて呼吸する自分をイメージする。
息！　呼吸！　酸素！　頼む頼む！
スッ、と魔力が抜けていく気配を感じると同時に息苦しさが無くなった。
どうやら水中での呼吸も魔法でなんとかなるらしい。
……こんなにも万能《チート》なのに、なんで非常時にはバケツ三杯なんだろう？
魔法というスキルに一言物申したい。
「ミィ？　ミ、ミ」
「ゴボ――ボボボ?!」
うわっ?!　呼吸出来るだけなのか?!　喋るのは駄目?!　線引きが分からん！
少しばかり水が喉に入ったが、息苦しさは感じなかった。
どうやら口を閉じていなくてはいけないらしい。　……いやそれも違うか？
現に鼻呼吸も口呼吸も出来る。
口から水が入ってくる条件は、何か喋ればというなんだろう。
相変わらず訳分からん。
普段なら絶対に読まないであろう魔法の説明書が、この時ばかりは欲しくなる。

誰か丁寧な解説をしてくれ。

「ミ？　ミィー」

こちらのことなぞお構い無しに喋り続ける仔猫に首を振る。

……分かんねえ、分かんねえって。

なんで俺が喋れる前提なんだよ……お前が何言ってるのかなんて一つも分からんぞ？

そうこうしているうちに湖の底へと辿り着いた。

湖の底だというのに明るいのは、光り続ける仔猫がいるからだろう。

その仔猫が、付いてこいとばかりに一声鳴いて水中を歩き始めた。

…………非常識生物め。

とても水中とは思えない動きを見せる猫の後ろを、水を掻き分けながら付いていく。

時折後ろを振り向いては『……まだぁ？』と表情を歪ませる仔猫。

バイオレンスを解禁して首根っこを引っ掴んでやりたいものだ……テトラも蛇も見ていないし
……もしかすると今はチャンスなのかもしれない。

仔猫の後を辿って泳ぐと、更に深い所へと案内された。

恐らくは湖の中央付近。

そこには巨大な体で塒《とぐろ》を巻く大蛇が、頭にテトラを乗っけたまま寝そべっていた。

いやテトラは死ぬから?!

「あー、レーもきたぁ」

めっちゃ喋ってるが?! どうなってん?!

まんま水の中を泳ぐ俺とは対称的に、テトラは陸地と変わりない様子である。

もしかして魔法だろうか？ 俺もあれがいいんだけど魔法さん？

願いに反して魔力は減らず。

どうやら水中での呼吸が俺の限界のようだ……いや充分凄い筈なんだけど？ なんだろう、この敗北感……。

「レー、おかえり！」

「ごぼぼぼぼぼ！」

うえ、水入った。

テトラの伸ばしてきた手をいつもの調子で掴む。

どういうことなのか本当に濡れていないらしい。

テトラとの再会に、渋い声が文字通り水を差してくる。

「……やはり……無理、だったか……」

「ごぼぼ！ ごぼぼぼ?!」

うるせえよ！ お前、あいつがビーム放つとか言わなかったじゃん?! もう無効だ無効！

俺が大蛇と喋り始めたことを切っ掛けに、仔猫を初めとした発光生物共が浮かび上がってきた。

湖の底だというのに凄く明るい。

発光体の群れの中から光る亀がスイッと泳ぎ出る。

「あれは手に負えまい。見たところまだ童《わらべ》。無茶を言うものではない」

めっちゃスラスラ喋るじゃん、亀。

どうした？　食われるぞ？　この蛇、この喋りで実はめっちゃ機敏やで？

こいつも精霊ってやつなのだろう、大蛇の鼻先だというのに随分と落ち着いている。

……なんでお前が最初に出てこなかった？

「しかし可の物は歪。排除するのが流れ。人が背負う業。滞るは濁り」

めっちゃ違和感あるぞ、魚。

……お前、どうした？　その鱗？　極彩色じゃん、パンクだな？　食われるぞ？

俺の身長より長い、食物連鎖を無視した怪魚が厳《いつく》しげに喋る。

「……ここまでは、来ぬ……朽ちるのを、待とう……」

「随分と数が減った。これ以上を生まぬためにも、愛し子と結べばよい。コレもそのために飛んだ」

「ミィ！」

「業は業にて祓《はら》わん。それが定め。神が決めた宿命」

なんで猫だけ喋れねぇんだ？

連れて来られたはいいが、どうやら精霊共はこちらを無視して話を進めるようだ。

いや最初から眼中に無いのだろう。

なんか感じ悪いな、精霊。

しかも話の流れからしてテトラを巻き込もうとしているのも分かった。

ムカつく。

怒りが伝播《でんぱ》したというわけじゃないのだろうが、頬を膨らませたテトラが繋いだ手をギュッと握り締めて言う。

「……レー、まだ参ったしてないのに」

ごめん、レー、割と参ったしてたわ。

「……愛し子？」

テトラの言うことには耳を傾けるのか、亀が問い返す声に注目が集まる。

湖の底には奇妙な生物が集まっていた。

大蛇、亀、怪魚、仔猫、犬、雉？　十数匹の、それぞれが動物を模した精霊とやらだ。

強い圧力を感じるのは光るからだろうか、見つめられているからだろうか、試されているからだろうか。

その中で、テトラは胸を張った。

「レー、まだ参ったしてないもん！」

まあ、そういうことだ。

プンスカと怒るテトラの肩をポンポンと叩いて宥める。

ニチャに任せとけ。

いざとなったらこいつらロボットに狩ってもらおうぜ？

第12話

テトラを精霊の巣に残して、単身で水上を目指す。

手が無いことはない。

本来なら『近づけない上にダメージも回復されるなんて無理ゲー、どう考えても負けイベです対ありでした』となるところだが……。

これはゲームじゃないのだ。

あのロボットの製作者の目的がなんなのかは分からないが、戦闘を主眼に作られたであろうことだけは分かった。

こちらの最高強化の攻撃に耐え得る最硬のボディ、ダメージを瞬時に回復する機能、殺傷目的としか思えない各パーツ、トドメがビームを放つレンズである。

正しく殺戮人形《キリングマシーン》の名に相応しい出で立ちだ。

これがゲームなら、コントローラーを投げ出してデッキを割ってメーカーに匿名でクレームを入れているところだった……。

しかしこれは現実《リアル》なのだ。

なんてことない。

――――それがそのまま、あいつの弱点にもなりうる。


ゲームなら、不可避の戦闘に越えられない壁のような絶望感を覚える相手だろう。

どれだけ殴ろうと回復されてダメージは蓄積されず、相手の攻撃は受ける手順を間違えば即死。

クソゲーである。

しかしこれは現実だ、現実なのだ。

無補給で動き続けるロボットなんて、現実には有り得ない。

充電式、吸収式、もしくは交換式か？

エネルギーを得る手段が何か必ずある筈だ。

そしてそれはあのロボットにも限り《限界》があることを示している。

最高の攻撃力を持った最硬のロボット？　確かに倒せる相手じゃないのかもしれない。

少なくとも通用しそうな攻撃手段を、俺は持っていない。

ゲームなら、どこの誰だか知らないが……お前の勝ちだったかもな？

――これが画面に挟まれた戦闘じゃないことを教えてやろう。

精霊共からの聴取は済んでいる。

一年も前から暴れているあのロボットは、最近になってよく眠るようになったという。

最初の違和感だった。

無生物なのに『眠る』？　精霊共にはそう見える何かをしているんだとしたら？

そこでエネルギーを回復していたら？

もしくは――――休眠のような状態なのだとしたら？

触ってないスマホの電源が落ちるみたいに、エネルギーを節約しているのだとしたら？

勝ち筋はある。

もし無限に動き続けられるのなら、動きを止める必要はないだろう。

あいつにも『エネルギー切れ』が存在している筈だ。

ここまで争いが長引いている理由というのが、両者の思惑が一致したからに他ならない。

動かないロボットと、放置を主眼としている大蛇。

それが一種の膠着《こうちゃく》状態を生み、ミィがテトラへと助けを求める展開になったのだろう。

随分とエネルギーを消費している筈だ。

それは凹みを回復させたこともそうだろう。

今度のようにビームを乱発することも少なかった筈である。

そこに勝機を見出すのだ。

精霊達の方針は、一枚岩ということもなく大蛇と他の精霊共で一致していないようだった。

つまり……ここで穏便に済ませたとしても、後日再びテトラが巻き込まれる可能性もあるということだ。

冗談ではない。

ここでケリをつけてやる。

深く息を吸い込んで、吐き出す――

気泡と共に全身から魔力が立ち昇る。

三年ぶりに全開放される魔力は、まるで生きているかのような荒ぶりを抑えきれず奔流《ほんりゅう》となって湖へと行き渡る。

……まずは水上に『霧』を行使。

視界を奪う濃霧が湖を丸ごと包み込んだ。

さあ――どちらがバテるか、我慢比べといこうじゃないか？

肉体の強化を活かしたバタ足が体を加速させていく。

口から零れ落ちる気泡を追い抜いて水上を目指した。

蹴り足が水流を生み、体を弾丸のような速さで進ませる。

ロケットもかくやというスピードで湖の上に飛び出した――というのに、遅れることなくピンクの光が俺を突き刺す。

「ぐっ……⁉」

跳ね飛ばされるままに湖岸へと転がる。

やはり強めにぶん殴られたような衝撃がある。

霧で減衰されて、肉体は強化されているというのに、尚この威力……！

太い光線の方だけは避けなくていけない。

次々と飛んでくるビームをジグザグに駆け回りながら避ける。

随分とバラ撒かれているビームを見ると持論が揺らぎそうになる。

いや！　減ってる！　そう思おう！

倒れてきた大木に指を突き刺して持ち上げた。

——硬化魔法！

メキメキという音と共に巨大なターニャ棒の完成である。

ビームの盾にはならないだろう。

しかし本体を殴る分にはこれで充分である。

ダメージの修復にエネルギーを使うのは道理。

ここからが根比べだ。

霧を突き破ってくるビームを勘で躱しながら直進する。

視界を封じられた中を五感を頼りに進むというのは強化魔法を使っていなければ出来ない芸当だろう。

肉体的にも精神的にも、である。

幸い、相手の位置はこのピンクの光が教えてくれている。

湖岸を沿うように走り続けていると——霧の中に、瞳を怪しく歪ませているロボットを発見した。

足りない距離を巨木が補ってくれる。

「喰らえクソパペット！」

そのままフルスイングした。

巨木が乱気流を生みながらロボットへと迫る。

ズパッ、という竹を割るような音と共に巨木が真っ二つに割れる。

片側に着いているソードアームが仕事をしたようだ。

青白く光っているのは何らかのギミックが働いているからだろうか？

……よ、よしよし！　エネルギーを使わせてる、使わせてるぞおお?!　だから――こっち来んな?!

距離を詰めようと動くロボットに対して、手元に残った巨木を投擲。

すると今度は逆側のアームが動く。

バチィ！　という激しく革を叩いたような音と共に――残った巨木が粉砕された。

突き出されたクレーンアームからは放電現象が見られる。

……それはズルい?!　クレーンゲームみたいな腕しといてスタンガン仕様とかないと思う?!　なんだお前?!　転生者の前でチートとかいい度胸だな?!

ズダダダ！　と足音を響かせてロボットが蜘蛛のように動き始めた。

その動きは強化された俺の速さに追い付けるレベルのようで――

繰り返し更新されるロボットのスペックに圧倒されながらも魔法を行使。

イメージに魔力を与える。

――落とし穴《フリー・フォール》！


ベコッ、という音と共にロボットが視界から消えた。

「よっしゃ！　次だ！」

グッと手を握り込んで次の魔法を放つ《イメージ》。

瞬く間に落とし穴の中から火柱が上がった。

落とし穴から高々と吹き上がる炎に――――しかしロボットは溶けた様子もなく飛び出してくる。

「――っけえんだよ！」

着地際を狙って全力の蹴りを放つ。

どこかの盗賊から習った技法である。

俺の蹴り足を腹に受けたロボットは金属を撓《たわ》ませながらも、ソードアームを突き出してきた。

こっちの額に突き刺さる前に――ロボットが蹴りの威力に吹き飛んでいく。

刀身は当たっていなかったというのに額から一筋、血が流れる。

……やっぱりあの青白い光も攻撃範囲《当たり判定》ってことか……どこのフォース使いなんだよ、あのロボは
……。

魔力を節約するために傷の回復を後回しにしてロボットを追う。

乱発度合いから考えて……あまり想像したくないことだが、ビームのエネルギー消費量は少ない

んじゃないかと予想。
省エネでビーム？　製作者は天才だね？　死ね。
こっちの考えを証明してくれるかのように、霧を裂いてビームが飛んでくる。
勘ばかりで全弾避けられる訳もなく、所々に被弾しながら進む。
四脚を巨木に刺して横向きに立つロボットが見えた。
落とし穴対策だろうか？
学習能力も高いとか凄いね？　製作者は二度死ね。
「んじゃ、木魔法だ！」
突き出した腕の先——ロボットの周囲に虚空より蔓が伸びてくる。
森の魔物をナメんなよ！
ロボットは絡み付いた蔓をソードアームと刃物のような脚先を動かし斬り伏せる。
しかしおかげさまでビームの雨が止んだ。
チャンスだ！
姿勢を安定させるためなのか、巨木に一本だけ突き刺さっていた脚を全力で殴った。
頭に響く痛みの対価として、ロボットの脚が折れてくれる。
折れ曲がった脚じゃ姿勢を保てずに、ロボットが落下した。
直ぐに回復するのだろうが、どうやら落とし穴が嫌みたいなので繰り返してやろう。
相手の嫌がることをやる、それが戦闘の鉄則。

「落とし《フリー》――」

ロボットが目からビームを発射した。

推進力よろしくビームで高速移動したロボットが体当たりを噛ましてくる。

「ぐっ⁈」

――いかん⁈

白刃取りの要領で、手が焦げることも構わずに突き出されるソードアームを受け止めた。

しかし返す刀で繰り出されたクレーンアームを腹に食らう。

咄嗟に両手を使ったことで一手遅れてしまった。

殴り付けられたダメージ自体は大したことないが――接触している。

マズい！

避け――

「避雷針《電気をいなせ》！」

――魔力への願いが叶ったのかどうかは分からなかった。

しかし一瞬の衝撃に耐えられたことは確かだ。

空気が爆ぜる音と体の中を走る衝撃音がリンクした。

歯の根が合わず唇が痙攣《けいれん》し、頬の肉が痺れ足に力が入らなくなる。

密着はマズい、距離を取るんだ――

しかしソードアームを受け止めている手の平の肉が焦げ付いてしまったのか離れない。

しかも次弾が用意されているのか……至近距離で初めて聞こえるキュィィィーーという高周波音。

ふざけんな。

「テ、メエもく、え」

願うは雷。

目の前が白く染まった。

バチバチという音と共に、ロボットのソードパーツを受け止めている指の隙間から紫電が迸《ほとばし》る。

これだけか?!　――と思うよりも早く、ロボットのソードパーツが激しい発光を始めた。

昼間をかくやという白い光に嫌な予感を覚え、手の平の皮が剥がれるのも気にせず距離を取った。

痺れていた手足を無理に動かした反動か、体の何処かでブチブチという音がする。

即座に回復魔法を使用。

場所が悪く、湖に逃げ込むにも距離があった。

遮二無二後退したのは森の中。

仕切り直しは出来ないらしい。

追撃を思って背筋に掻いた汗は、しかしフリーズしたように動かないロボットを見て引いていった。

もしかして電気に弱いのか？　自らも電気を使うのに？　そんなことあるのか？

――ソードパーツが、電気と接触したから不具合が発生した？

「……電化製品かよ」

水中を嫌った理由もそれだろうか？

想像よりも遥かにショボい雷魔法だったのだが、想像よりも遥かに良い結果を残してくれた。

万々歳である。

……しかし相変わらず急場で仕事しない魔法《やっ》だなぁ。

込めた魔力量に比例しない、発動する規模や威力がチグハグ、なのに技量を必要としない……。
・・・・・・・・・・
これは本当に魔法なんだろうか？

浮かび掛けた疑問は、しかしロボットが再び動き始めたことにより沈んだ。

新しく張った手の平の皮を、調子を確かめるように握り締める。

復調はしているが、しかし……。

「そんな都合よくいかないよなぁ……」

電化製品よろしく、ショートでもしてくれれば、なんて上手くはいかないようだ。

一息はつけたが魔力が回復するわけじゃない。

戦闘に魔法を混ぜると本当に魔力の減りが早いのだ。

一体しか相手にしていないのに、残りの魔力がもう五割を割りそうである。

ドゥブル爺さんの講義から、これ以上は危険であると知れた。

ならどうするべきか……。

いつでも動けるように構えながら警戒していると、ロボットが奇妙な動きを始めた。

ビームを放つでもなく、襲ってくるでもなく……踊るように足をガシャガシャとさせている。

「こ、壊れちゃった……かな？」

……殴ったら直っちゃうとかあるかな？

これ以上の戦闘を嫌悪しているからか、判断も及び腰になってしまう。

何が嫌《いや》って……こちとら肉体を強化しているのに、相手が普通にこちらの動きに付いてこれているところだ。

実は運動能力的には分があると思っていただけに誤算だった。

これで壊れてくれたのだとしたら助かるのだが……。

しばらく様子見に徹していると、ストンと力が抜けたように――ロボット腕のパーツがダラリと下がった。

四脚が上がる気配も無く、無機質な魚眼レンズがただ前を見据えている。

傍目には止まっているようにも見える。

こうなるともう分からない。

……終わったと思って強化を解除するべきなのか、それともこれが『寝てる』という状態なのか……。

……精霊を一匹呼んで確認してもらおうか？

こうしている間にも回復されていたら堪らない。

こちらばかりが消耗することになる。

壊れたかどうかの確認をするためにジリジリと警戒しながら距離を詰める中で、僅かだが確かに聞こえてくる甲高い音を耳が拾う。

先程のキュイイイ音とは似ているが異なる音だ。

ヒュー？　ヒュィィィ？

引っ掛かる感じが無くなった音は――――しかし段々と大きくなっていく。

ハッキリ聞こえるようになると、そこはかとない不安も湧いてきた。

…………止めた方がいいのか？

「……なんだ？　てめ、何やってんだ？」

伝わるとも思えないが言葉を投げ掛けたのは、原因がこのロボットで間違いないと思っているからだ。

同時に鎌鼬のような風の斬撃も牽制で放った。

無防備なロボットの腹へと風の刃が吸い込まれていく――――

が、やはり大したダメージにはならないのか、露ほどの反応も示さずに風の刃が鈍い音を響かせて霧散する。

しかし『攻撃される』ということに対する反応も無い。

音も消えない。

「ヤバい…………なんか……なんかヤバない⁈」

もはや近付かなくとも聞こえるようになった音に嫌な予感は増していく。

そこでようやく魚眼レンズの光度が上がっていることに気付いた。

ビームか？　ビーム出すのか？

だとしても溜めが信じられない長さである。

黒い一つ目がピンクの光を集め、レンズの中に白い点を作っている。

あの太い光線だって僅かな溜めで済んでいた。

細かい方に至っては乱射すら出来ていた。

恐らくだが『溜め』が威力に準拠するのだ――

なりふり構わず魚眼レンズを殴りつけた。

「――あっつ⁈　しかも硬い！　ヤベぇ！　壊れないぞ⁈　これ絶対ヤバいやつだ⁈　なんかもう本体は反応もしてないし⁈」

レンズは先程のソードパーツよりも光熱を放っていて迂闊に触れない熱さだった。

構わず殴り付けた拳の皮膚が瞬時に焦げた。

その熱量の前に、痛みよりも焦りが先行する。

ロボットを壊そうにも、元々頑丈で壊れないという特性がある。

試しにと何発と殴り付けるが、胴体が凹むばかりでレンズの光は消えることがなかった。

凹んでしまった部分はもう直る様子もない。

既に回復の必要がないと言わんばかりのロボットは、全エネルギーを魚眼レンズに集中させているようにも見えた。

何をするのかは分からないが……エネルギーの桁がデカ過ぎる！

「ヤバい！　これ爆発とかするんじゃないか?!」

お約束が今必要か?!

本来なら、加熱中のロボットを湖にでも投げ込んで、その間に全力で走って逃げたいところなのだが……。

唯一怪我してほしくない幼馴染が、そこにいるという事実。

時間が無いことを示すように、レンズの中の白い点が広がっていく。

壊す？　燃やす？　刻む？

全部ダメだ！

硬いんだ！　どれも間に合わないでしょうよ?!　かといって大して深くもない穴に埋めたところで……。

ならもうやれることは一つだけである。


ぶん投げよう。


方針を固めて直ぐにロボットを抱えて走り出した。

湖とは反対方向へ。

幸いにして山が見える、村に居た時には山なんて影も形も見ることがなかったのに。
山に投げたところで村への影響はあるまい。
魚眼レンズの中の白点は大きさを増し、もはや白くないところは消えつつあった。
臨界点が近い。
時間が無い。
今だ！
もう――
投げろ！
イケるか？　いや、足りない、――なら！
・・・・・・・・・
力だ、もっと力をよこせ！

――よん、ばい！

目と鼻から血が吹き出すのも構わず、野球の投手のようなフォームで力を入れた。
ブチブチと体の中から鳴る音を無視して、腕に血管を浮かび上がらせる。
――い――まッ――だ――！
踏みしめた大地が放射状に砕ける。
全身のバネを使って派手に血管を破裂させながら腕を振った。

空気の壁を突き破って金属塊がロケットのように飛んでいく。

どこまでも打ち上がりそうな軌跡を描き――しかし終わりは早々に訪れた。


光と音と衝撃が、洪水となって満ちた。


捲れ上がる地面と、風よりも速い熱波に押され、俺は意識を失った。

何かに届き掛けたような気配を残して。

第13話

コタツにテレビ。


…………な、わけないよなぁ。

意識を戻して目にしたのは、慣れ親しみつつある陽の光だった。

続く声に、纏わり付いていた眠気も飛ぶ。

「あー！　レー、起きたぁ！」

……さすがはテトラだ、後光が差して見えるよ。

指を差すテトラに手を上げて応えようとしたが……己の意思に反して、体は全くと動く様子を見せなかった。

……ええ？　どうなったの……俺の体？

どこかの木に寄り掛かっているようだ。

歪な稜線《りょうせん》から昇る朝日が視界を焼く。

目を逸らしたくても、逸らせない現状……まあテトラが元気そうでなにより………。

いや朝日じゃん、もう朝やん。

ヤバい、早く帰らないと……！

無理やり体を動かそうと力を入れると、脳髄《のうずい》を直接引っ掻くような痛みが走った。

――だからなんだと言うのか？

時間厳守、それが社会の鉄則なのだ。

……うおおおお！　動け！　月曜日の俺えええええ!!

しかし根性ばかりではなんとも。

ならば魔法で――と、回復魔法を掛けようとして……ふと気が付いた。

「……あれ？　魔力がそこそこ……」

戻ってるな？

少し寝ていたからだろうか？　朝日が出ているということは……目算で二時間ぐらいは寝ていたことになる。

それにしては回復量が多いような……？

確かに魔力が五割を切ったのは覚えている。

しかも最後の魔法は消費量が多かったような気がする。

なのに今、魔力は五割以上が残っている。

…………はて？

「……愛し子と、『ミィ』……に、感謝……するといい……」

うお⁈　いたのかよ！　どこ⁈　後ろ？　ちょっ、せめて見える範囲に居てくださいよ⁈

怖いので。

首を動かして大蛇を探すと、寄り掛かっていると思われた木が、どうやら蛇の体だったようで……。

だって白いもの……。

陸にも壁にもなれる、全く便利な蛇である。

なんてことを考えていたら真っ白な蛇面が空から降ってきた。

勘弁。

改めて陸地で見ると尚デカい。

大きさが際立つ。

「……無くなった、糧を……『ミィ』が、分け与えた…………こやつは、少し……特殊、ゆえ……」

お前の体の方が特殊だよ。

その体の影に隠れるだけで夜のようになる。

近くにいるように見えてまだ遠いのか……縮尺がおかしい大蛇を見上げていると、テトラがいつもの様子で近寄ってきた。

「レー、元気になった。かえろー」

それな。

ペチペチと頬を叩いてくるテトラに微かに首を動かして頷き返す。

回復魔法が効いてきたのか、体が命令を受け始めた。

「ああ、帰ろう……」

日常に。

こんな変な森じゃなくて、畑に囲まれた俺達の村に。

森は――一言で言うなら荒れていた。

朝日が歪な稜線を描いているのは、山の形が大きく欠けているからだろう。

……欠けているって言うか、抉《えぐ》られている。

あの爆発の影響はそれだけに留まらないようで……。

混ぜっ返された大地と焼け焦げた樹木が、山を中心点に波のように広がっていた。

中心に居れば俺も無事では済まなかっただろう。

………いやほんとによく無事だったよね？

ようやく動かせるようになってきた体を、再度確認して欠けがないかを確かめた。

命があるだけ――と思える程に、目の前の光景は酷かった。

空爆されたところで、ここまでにはならないだろう。

徐々に戻ってくる力に、手を握ったり開いたり。

つまり欠損している様子はないようだ。

どうやら問題ないらしい。

「よし、復調。テトラ、帰ろうか？」

さすがに、この惨状の責任は負いかねる。

「うん」

「……よい、のか……？」

何が？

蛇が話し掛けたのはテトラのようで、その巨大な目玉がテトラを映していた。

しかし問われたテトラは気にする風もなく、俺と手を繋いで満面の笑みを浮かべる。

行きと同じように。

「テー、帰るよ？　レーと帰る。やくそく」

「そうだそうだ！　約束ならしょうがないね？　約束だもの！」

なんのこっちゃか分からへんけども。

こういう時は空気を読むんだ。

ニヘラと笑うテトラに何度も頷いて応えていると、目の前にある天使の御髪がウネウネと動き出した。

テトラ……もう精霊《こいつら》に毒されてしまったの？

「――ミィ？」

現れたのは仔猫。

テトラが名付けた水の精霊らしい『ミィ』……だと思われる。

自信が無いのはそのサイズ感故にだろう。

随分とミニマム。

どうした？　サイズが半分になってんぞ？

手乗りサイズとは仔猫を仔猫足らしめた所以だろうけど……それじゃテトラの手にも収まりかねんミニチュアぶりだ。

しかしテトラは気にすることなく、自分の髪の毛を巣としているミィに話し掛けた。

「うん、かえるー。おねがーい」

「ミ」

テトラの言葉にミィが頷く。

昨晩のようにミィが地面に飛び降りてお絵描きを始めた。

どうやらちゃんと帰れるようだ。

良かった……最悪、何か請求されちゃうかもとか思っていただけに。

その時はテトラを背負って全力で逃げることに決めていたが……。

サイズが半分になったせいなのか、行きよりも水溜まりを生み出すことに時間が掛かっているミィ。

その隙間を縫うように、大蛇が声を落としてきた。。

「……礼を、言おう……」

そうですか……本当にそう思うのなら、ちょっと離れてくれる？　圧力半端ないからね？

早く帰りたい理由の一、二を争う。

見上げると巨大な蛇面。

……ほんと、傍目で見てたらパクっといかれそうにしか見えないよな。

蛇の言葉に何でもないと手を振る。

「いや、もう全然。これっきりだと思えば、もう全然！」

遠回しに『もう受けないよ？』と伝えておく。

「……祝福無き、罪人よ……感謝、する……」

なにそれ？　祝福無き罪人……ってなんやねん？　どんな極悪人だっつーんだよ。

「……なんの間違いで、生まれてきたか……わからぬ……しかしこの……世界に、属さぬ……身でありながら……よく、やった……」

……は？

ゆっくりと瞳を細くする蛇に、心臓を引き絞られる。

何か……こいつ、何かを知っているのか？

俺が、どうして……？

だとしたら――

「俺は――」

「レー」

繋いだ手を、テトラが引いた。

「ミィが、『できた』ってー。かえろー」

テトラの無邪気な笑顔に、詰めていた息を吐き出す。

……今更なのだ。

「…………帰るか」

「うん、かえるー」

昨晩も見た光る水溜まりに、今度は二人並んで歩き出した。

おどろおどろしい声が背に掛かる。

「……いずれ、また……」

降ってくる声に振り返ることなく答える。

「次とか無ぇよ」

吐き捨てて水溜まりへと逃げ込んだ。

第14話

収穫祭がやって来た。
いやほんとにもう、この時期になるとターニャが不機嫌で不機嫌で……。
気がつくとジトられる。
「…………何か？」
「…………何も？」
無言の圧力に屈することなく、今日も精神を鍛える日々だ。
もはやどっちがどっちの台詞か分かるまい。
収穫祭の日は朝から食事が無かったりする。
しかしまあ朝食抜きというわけではない。
『お祭りなのだ、出店で食べろ』というだけ。
この日ばかりはテッド達に並んでバカ騒ぎに興じることが多い。
朝も早くからお迎えが来て、誘われるまま手伝いという名のつまみ食いに繰り出す。
しかし、どうしたことか……
今日は珍しく朝一番にターニャが来たのだ。

いや最近のジト目率から言うと、何か疑いを持たれているのは明らかで……。

精霊騒ぎから一夜明けて、村に特段変化は無かった。

あれだけの爆発にも拘わらず誰も気付かなかったというのだから、『聖域』とやらとは余程の距離が離れていたのか、もしくは精霊共が何かやったか……。

まあ、こちらとしては都合もいいので文句はない。

他に変化らしい変化と言えば、村長宅で仔猫を飼い始めたことぐらいだろう。

この世界に於ける猫というのは珍しいらしく、今では村のアイドル的な立ち位置に納まっていている。

……手が出せない。

ちょっと裏庭の木まで来いや？　という呼び出しに待ちぼうけ食らうくらいには猫をしている。

……あの毛玉めぇ。

あれからテトラには『小さい子』に名前を付けるのを遠慮してもらっていた。

相変わらず分かっているのかいないのか……返事だけは一人前だが、なんだかんだと約束は守ってくれる娘なので安心している。

あれ以来、精霊がどうのこうのということはない。

ともすれば夢のようにも感じられるのだが……。

残念ながら仔猫の存在が俺を苦しめる。

いつかきっと『ナイナイ』されることを希望にしよう。

村は変わらず冬仕度の最中で、アンがランニングの誘いに来たら逃げ出すぐらいには穏やかだ。

テッドとチャノスが早々にも魔法を使えそうだと自慢して、ケニアが成功《失敗》の元《作》だと炭の塊を持ってきて、ターニャは角材を磨いている。

テトラの一人遊びも変わらないが、散歩に仔猫が同道するようになった。

『小さい子』とやらの顔合わせを兼ねているんだろう。

『小さい子』の方は傍目には見えないので、猫が虚空を見つめているという、よくある光景が展開されるだけである。

平和で穏やかで、変わることのない村での日々――

だというのに、ターニャのジト目は揺るがない。

今日なんて女の子らしい格好なのに、女装をアピールするでなく、ジト目をアピールし続けるというのだから頭が下がる。

どこまでもジト目キャラだ。

髪を伸ばす気配がないとおばさんが嘆いてたぞ？　ショートカット、似合ってるけどな。

女の子でショートカットってアンとターニャぐらいだもんなぁ。

そのアンでさえセミロングぐらいの長さなのに。

「…………何？」

「何も？」

今度は問う側と答える側が逆転することになった。

テッド家の畑に向かって歩いている。

隣りを歩むターニャは珍しいことにスカート姿。

この日ばかりはとおばさんに着せられるらしい。

ラフな格好を好むターニャにしたらスカートは嫌なんだろう、収穫祭が近付くに連れて不機嫌になっていった原因の一つである。

似合うと思うんだけどなぁ……本人は動き易さを重視しているのだろう。

幼馴染の珍しい格好にジロジロと何度も視線を向けていると、ターニャの髪の色が僅かに変色していることに気が付く。

思わずと問い掛けた。

「ターナー、髪どうしたんだ？　なんか……生え際が青い……」

染めたのか？

頭頂部に近いところが青というか水色っぽいんだが……色気づいちゃった系？

答えるターニャはいつも通りにポツリ。

「……最近、変わった」

いや変わんねぇよ。

そうなのか異世界？　髪の色が突然変わったりするもんなのか？　すげぇな異世界、脱色いらず。

ターニャの冗談なのか、異世界の常識なのか、イマイチ分からないところである。

伸びた身長に丸みを帯びてきた体、きめ細やかで白い肌に、個性を出してきた髪色。

このうえオシャレしたスカート姿だ。

……こりゃターニャがアンやケニアのように持ち上げるられる日も近いかもなぁ。

少なくとも男の子だと勘違いされることは、もう無いだろう。

………昔からあったかどうかは微妙なところだけど。

俺だけとか言わないよね？　あのボンクラコンビもそうだよね？

「……変？」

「え？　いや」

珍しく見た目に言及するターニャに、咄嗟に本音で返事をしてしまう。

青い髪といえばチャノスもそうだし。

あんなに濃くは見えないから正確には水色なんだろうけど。

その素っ気無いまでにクールな性格によく合ってると思うよ？

「ならいい」

ターニャとの受け答えにビクビクしてしまう。

「さいで……」

導火線がどこにあるか分からない爆発娘だけに、これが正答かどうかも分からない。

やっぱり収穫祭に合わせて染めたんだろうか？　褒めておくべきか、そっとしておくべきかが悩みどころだ。

ターニャの機嫌を窺うようにチラチラと視線を送っていたら、何度目かで目が合ってしまう。

うっ。

言葉に詰まるこちらを無視して、ターニャが断言する。

「……レンは、また秘密が増えたね」

「ハハハ、何を馬鹿な。私ほど正直で明け透けな人間も他にいないと思いますがね、ええ。生まれてこの方、嘘すらついたことないのが自慢でして」

「……そう」

これはスベッた気配だ、やだ死にたい。

「……レンは隠したい事や誤魔化したい事があると、必ずふざける。知ってた？」

……マジで？

「……『隠し事』を、見つけられるのは怖い？」

「いや……う～ん？　どうだろ？」

なにぶん、そんな癖があることすら今知ったわけで……。

秘密を軽々しく扱っていないというだけでは？

「……別にいい。今は、いい。訊かない」

「あ、そうですか……助かります」

ところで新しい秘密が出来たことは確定ですか？　そうですか。

具体的にどの辺りでそのように判断されたのでしょうか？　今後の参考にしたいのでお聞きしても？　ダメ？　ああ、はい。

相変わらずの洞察力に溜め息しか出ないよ……やれやれ。

もはや諦めの境地に達し始めた幼馴染の頭の回転の速さに舌を巻いていると、こちらに向かってグイッと手を突き出してきた。

なんだろう？　お金かな？　それにしては見えてるのが手の甲なんだけど。

ターニャが宣言する。

「……その代わり」

「その代わり？」

「……今日のダンス、一緒に踊ってもらう」

……えぇー？　絶対やだー。

ダンスってあれでしょ？　宴もたけなわになった酔っ払い共が、キャンプファイヤーの周りで踊るっていう悪習でしょ？

パリピは世界すら越えるというのか……。

どう罷《まか》り間違って伝わったのかは知らないが、独身女性が優先的に最初に踊らされるというユノの十八番《おはこ》である。

当然ながら参加したことは無い。

「去年同様、ケニアとアンと一緒になって踊ったらいいじゃん」

「アンとじゃ死ぬ」

…………うん、まあ……うん。

昨今の運動能力の伸びは、本当に化け物じみてるもんね。

そういえば去年もフラフラになってたっけ？　……酔っ払いに混じってて気が付かなかったよ。

つまり人身御供というかスケープゴート的なお願い、ということか……。

俺はターニャを訝しげに見つめた。

「……それでチャラ？」

「……チャラ」

……新社会人一発目の誘われ飲み会みたいなものだと思うか。

一発芸やらされるよりかは、まあ……。

「……テトラより先」

「うん？」

なんでそこでテトラが出てくるのか？　テトラが踊らされるのは少なくとも二年は先の筈なのだが……。

「……なんでもない」

問い返そうと口を開くより早く、ターニャが答えて先を行く。

前を歩くターニャの楽しげな足音と共に、気の早い村人の上げる歓声が聞こえてきた。

木製のジョッキをぶつける音や子供達の笑い声、簡単な楽器の調律に動物の声まで合わさって、こちらの脳髄を刺激する。

今年の収穫祭も楽しくなりそうだな？　ほら――

祭り囃子《ばやし》が、直ぐそこに。

――第二章　完

書き下ろし番外編

収穫祭

Side story

年に一度のお祭り。

それがこの村で行われる収穫祭という行事である。

……いやもうホント、ただのお祭りなんだけどね？

例によってファンタジーらしい理屈付けや五穀豊穣を願うとか神様に感謝するとかでは一切なく
……。

どちらかといえば村ぐるみの忘年会に近い。

仕事に一区切りを入れてまた来年からの英気を養おう——という、なんとも普通な理由で行われ
ているそうだ。

他の村を知らない俺からすれば、真偽の程は定かではないのだが……。

どの村人でも似たような答えを返してくることからして嘘ではないのだろう。

いわゆる一つのガス抜きってやつだ。

村なんて狭い社会環境にいるからこそ、こういったストレス発散の場は必要なのかもしれない。

ただでさえ魔物なんて生物が跋扈《ばっこ》し、霊長類が頂点にいない世界であるのだから尚の事だろう。

緊張の緩和、娯楽の提供、生きる楽しみ……。

理由は無数に存在すれど、どの村でも似たようなことを義務無く行っていると言うのだから、こ
の世界じゃ常識というか当たり前レベル。

飼っている豚や牛を丸々一頭潰しては丸焼きにするなんてこともあるんだとか。

……なにそれ、うちの村でもやってくれねぇかな、すげぇ見てみたいんだけど？

リアル『上手に焼けました』が見られるとしたら、某作品のファンとしてはこの上なく面白い出来事である。

まあうちの村でもお肉（食べ物）の提供はしているから、そこはそれ。

各村での特色なんかもあるんだろう。

なんせうちで飼っているのなんて鶏ぐらいだし、万が一やるとしても……わざわざ何十日も掛けて運び込むような手間が掛かる物は……ちょっとなぁ。

辺境である所以《ゆえん》みたいなものだ。

その代わりと言ってはなんだが、うちの村のお祭りはそこそこ豪華であるらしい。

まず振る舞い酒。

収穫祭と言うからには、村を挙げての祭りになるのだが……。

懐事情というやつは、いわゆる村長さんのポケットマネー的なものになる。

まあこの日のためのプール金みたいなものがあるとしても、村全体に無償とするなら……酒なんかはお肉に並ぶ高級品だろう。

一杯でも貰えるだけありがたいというやつだ。

それがなんとドリンクバースタイル。

飲み放題で提供というのだから太っ腹である。

例の開拓村だからこその税負担も、この提供に一役買っているのかもしれない。

更に特徴を上げるなら、村全体が食べ放題の出店形式なところか……。

昔ながらの屋台を彷彿《ほうふつ》とさせる出店が、この時のために複数並ぶというのだから……。

そりゃ子供は大興奮だし、なんなら大人も大興奮だ。

音楽や踊りも取り入れた祭りのキモでは、畑の真ん中にドデカいキャンプファイヤーまで拵えられるのだから、盛り上がりも一入である。

誰も彼もが笑顔になるのも仕方ないってもんだろう。


――だからこそ油断するべきではなかった……。


もう一度思い出そう。

収穫祭は『忘年会』に近いのだ。

季節は秋も終盤といった装いだが、このお祭りの中身は年末に行われる忘年会である。

そう――

よくよく思い出せば気も配れた筈だろう？　バカだなぁ……俺。

祭りの雰囲気に酔う飲み屋街。

そこに『あって当然』なものと言えば？

「ねえ！　聞いてる？　ねえええ、レェエエエエン」

「聞いてるよ、ユノさん」

答え『酔っ払い《絡んでくる奴》』。

この人……チャノス家の小屋、初代世話役であるユノさん。

二代目がいないのに既に三代目以降はいる小屋の元管理者である。

ハハハ、二代目がいないのに三代目って……不思議だね？　さすがは異世界だ。

常識が通用しないや。

そんなユノさん……いわんや『酔っ払い』が、素面《しらふ》に絡んでくるなんて最早当然を通り越して法則に至るまであったというのに……。

油断したなぁ。

コックリコックリと船をこぎ始めたテトラを家に送りつけた帰りに捕まってしまった。

ちょっと酔い冷まし……ではないけれど。

喧騒が届かず……尚且つ変な声も聞こえてこないようなそこそこ人通りもある所を選んで小休止を入れていたら……。

不意に曲がり角を曲がって現れた虎に絡まれている――というのが現状だ。

さすが常識が異なる世界。

まさか村の中だというのに虎に出遭うなんて……。

全く……こういうのは大人が管理してほしいよね？

虎なのか鳥なのかみたいな足取りで現れられたら……そりゃあんた。

知り合いなんだから、他人のフリをして見捨てるわけにもいかず……。

酔い潰れるまで面倒見てやるか――なんて考えたのが運の尽き。

なかなかしぶといユノが、かれこれ二時間近くは仕事や生活の愚痴をループさせて逆に俺を潰さんとしている。

助《たっ》けて。

「ねえ？　聞いてる？　あたしの話、ちゃんと聞いてんの？」

「聞いてます聞いてます。聞いてますとも。その証拠にその話が六回目だってのもちゃんと数えてますから」

「そう？　じゃあいいわ！　さすがレンね！　……えっと、どこまで話したかしら？　………まあいいわ！　最初から話せば！」

誰かたっけて。

ちょっと祭りの雰囲気を子供グループから離れて味わってみたかっただけなんです。

賑やかな喧騒を遠目に楽しむムーブをしたかっただけなんです。

あぁ……異世界情緒を楽しむなんて転生者特権を夢見たばっかりに……。

何処ぞの家を背に、酒盃《しゅはい》片手に物理的にも絡んでくる虎を相手に体育座りである。

まんま子供にダル絡みする親戚の体をなす知り合いに溜め息だ。

たぶん本人にとってもその認識なんだろうけど……。

………なんというか、本当に油断も隙も多い人なんだよなぁ。

本人は気にした風でもないのだが、明らかにガードが緩い。

更に言うなら『お祭り』なのだ。

……クタッてなったところを茂みに連れてかれるなんてことも無きにしも…………いや無いかな？

この村においては。

美人《可愛い》っちゃ美人《可愛い》なんだけどね～。

既に『ユノだから』というキャラクターを確立しているからこそ、村の中では安全なのかもしれない。

そういえば、一生懸命に婚活をしているという噂だが……。

チラリと見た酔っ払いの姿に、まだまだ結婚は遠そうだなと判断である。

一つ頷くと酔っ払いが『酒精の息』を吐きかけてきた。

「な～によ？　おしゃけ？　飲みたいの？」

「え？　いいんですか?!」

「ダメぇ～」

なんだよ、期待したよ、こんちくしょう。

楽しそうな顔でユノが笑う。

……まあいいけど。

ユノと知り合ってから、もっぱら似たような収穫祭になることもしばしばだ。

慣れたものである。

なんなら酔っ払いとの会話に懐かしさを感じることもあるので、キツいと言えばキツいけど……

これはこれで乙なものだろう。

通算七回目ともなる『なんであたしがモテないのか？』、通称『あたモテ』を聞きながら、祭りの夜空を赤々と照らすキャンプファイヤーの火を眺めた。

……あれ？

もしかして………これってユノの出会いの場を奪ってたりするんだろうか？
・・・そういう意味合いでもあるお祭りだけに、僅かな不安が俺の中でもたげる。
しかし乙女という言葉をうっちゃって鼾を上げて眠り始めた酔っ払いに、不安は早々に霧散した。

足なんて四の字で……艶姿なんて言葉が幻だと分かる格好だ。

ボリボリと脇腹を掻く姿がセクシーってやつかな？　コメカミにキュンとくるもんね？

これが婚活という理不尽が生み出す人間の闇なんだろうか……。

しっかりと準備しておいた毛布を、大サービスでお腹を晒すお姉さんに掛けながら『こうはなるまい』と誓う。

まあ、うん。

言うて大丈夫でしょ？

結婚なんてさ――――。

あとがき

健康に留意するタイプの不健康、どうも作者です。

ええ、そうなんです。二巻目となりました。まさかの続刊。わーいワイ。

これも偏に読者の皆さまのおかげだと思っております。感謝感謝。ありがとうございますぅ。

またこれとは別にコミカライズの方もされているので、よろしければ漫画の方も是非是非。もみてもみて。

宜しくお願いしまーす。

さて。

ウェブから来たよという方も多数見受けられると思うのですが、今巻からウェブ作品との乖離が見られたことでしょう。

あるある。

出来るだけ新鮮な感動を味わって貰うために努力した内容となっているので……と思うので？　…………うん、まあ、楽しんで頂ければ幸いです。

長いお付き合いが出来るようにと、これからも努力していく所存です。

最後に、今作を作るにあたって尽力してくれた方々、読者の皆さま方、作者の生き甲斐となっているブイさま。

本当にありがとうございます！
出来ることなら次巻でも会えますように。
それでは、また。

コミカライズ
第1話

漫画:ノズノット
構成:思念体おす
原作:トール
キャラクター原案:沖史慈宴

俺には秘密がある

誰にも言えない

秘密が——

第1話

ふぁ～あ
平和だ…

半額
びき

ホント
あの頃と
比べると
夢のようだ
おーい
レン！

チャノスん家《ち》行こうぜ！
ゲッ
あいにくだけど家の手伝いがあるんだ
嘘だけど
あ〜？
今日はのんびりすごしたいんだ
おーいオバさーん
おいやめろバカ！

ぬっ
レンを遊びに連れて行ってもい～い？
……
にこっ
うわぁ
勘弁してくれよ…
みんなー
レン連れてきたぞー

れーっ!
ばっ
ガッ
テ　テ・トラ
ドルルルルル

でへへへへへ
なんてことを…
れ～
可愛《かわ》ぁあ
ゆるす
相変わらず
テトに
懐かれてるな
レン
テトラ
ほら
お兄ちゃん
のとこに
いきなさい

ムッ
ギュッ
天使かよ
あははっ
鼻水ばっちぃ～！
うるさい
これで
揃ったな

もうっ
遅いわよ
レン
……
はは…
チャノス家の
小屋
通称
子ども
部屋
家の手伝いを
するには
まだ早い
子どもたちの
集まり
この村の
託児所的な
場所だ

皆の性格は
見た目そのまんまで
テッドは陽気
チャノスはクールぶってて
アンはアホ毛（アホ）
テトラは残虐無比（天使）
ケニアは委員長
ターナーは無口
そして俺レライト
みんなからはレンって呼ばれているけど

オレは
おじさん

子ども部屋
おじさん

異世界に
転生してきた
おじさんです

中身は
30超えた
おじさんが
子どもたちの
中に入って
ワチャワチャ
やってます

もちろん
みんなには
ナイショ
だけどね
レンがまた難しい
顔しているわ
何考えてるんだ？
まずい
年相応の
顔をしないと
なにしてあそぶ～～？
俺たちは
外で遊ぶぞ
い～いねえ
5才児
ムーブ

レン今日も
おはなし…
ぐいっ
ターナー
…
じゃあ
俺たちは
冒険ごっこ
してくるゾ！
てな感じで

基本的に外で遊ぶ組と
中で遊ぶ組に分かれる
俺はテトラの世話係なので必然的に中で遊ぶことになる
なんか知らんけどいつの間にか世話係にされていた
にちゃぁぁぁ
まあいい
それより計算教えてよ！

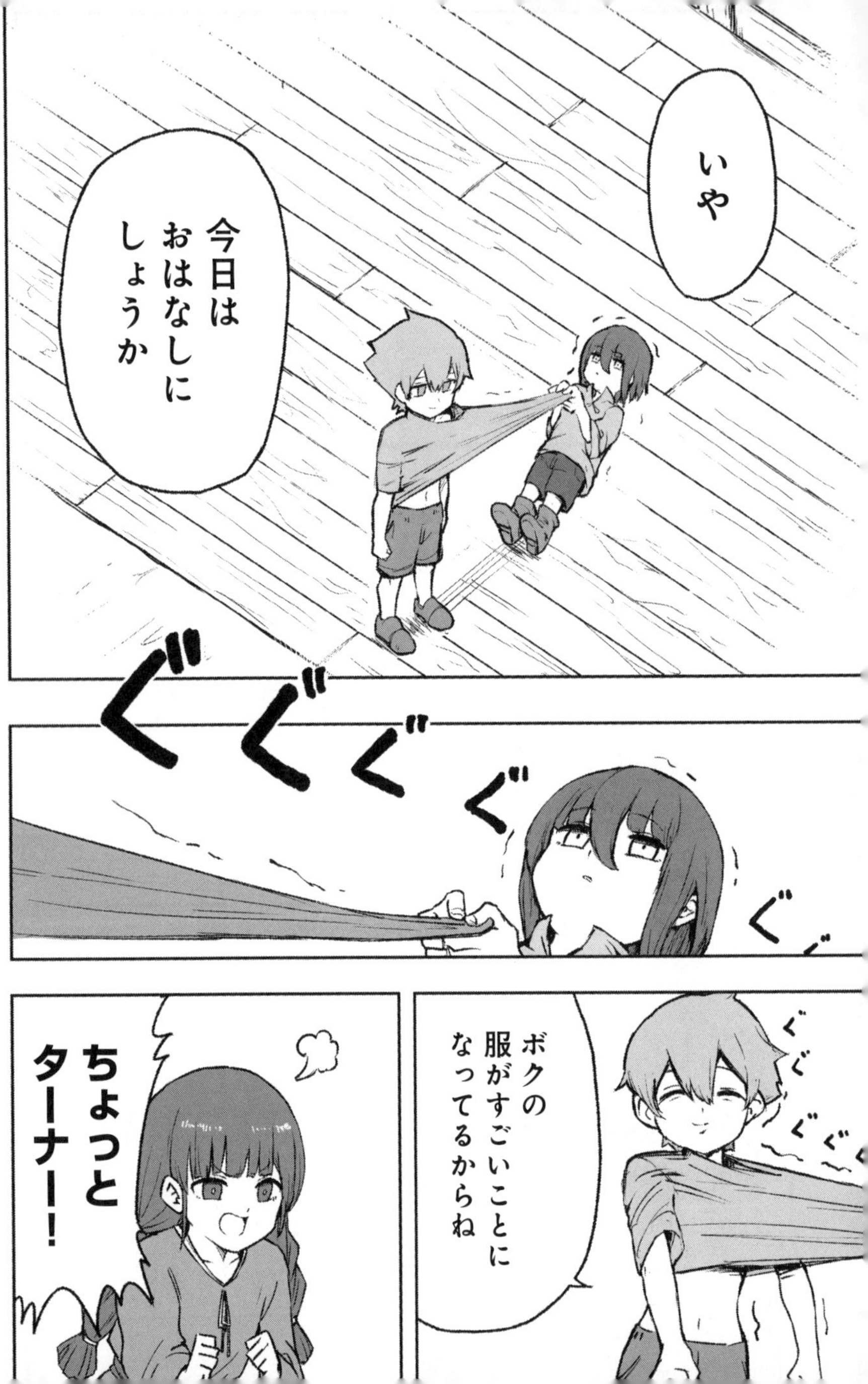
いや
今日は おはなしに しようか
ぐぐぐぐ
ぐぐ
ぐぐ ぐぐぐ
ボクの 服がすごいことに なってるからね
ちょっと ターナー!!

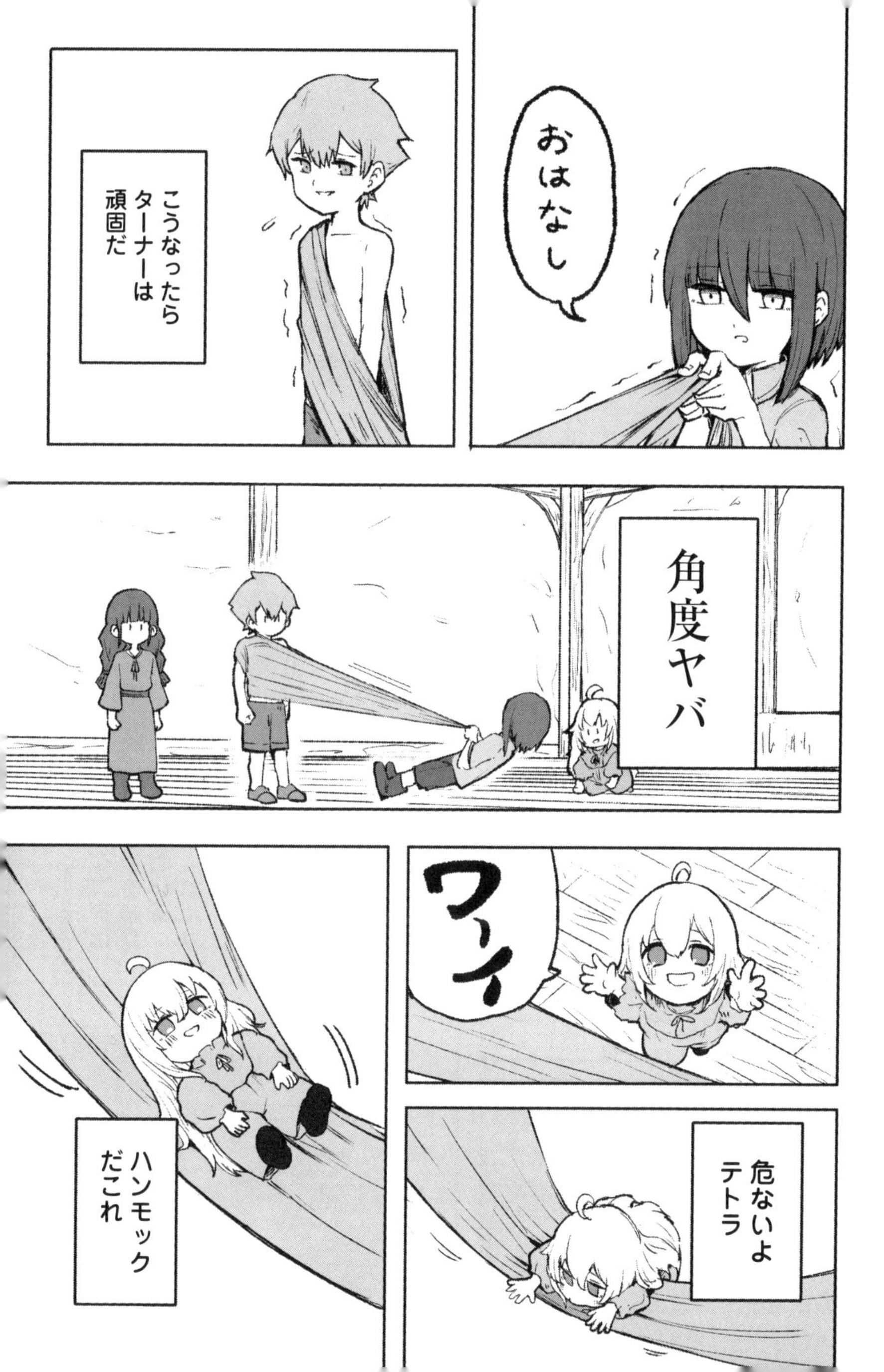
おはなし
こうなったら
ターナーは
頑固だ
角度ヤバ
ワーイ
ハンモック
だこれ
危ないよ
テトラ

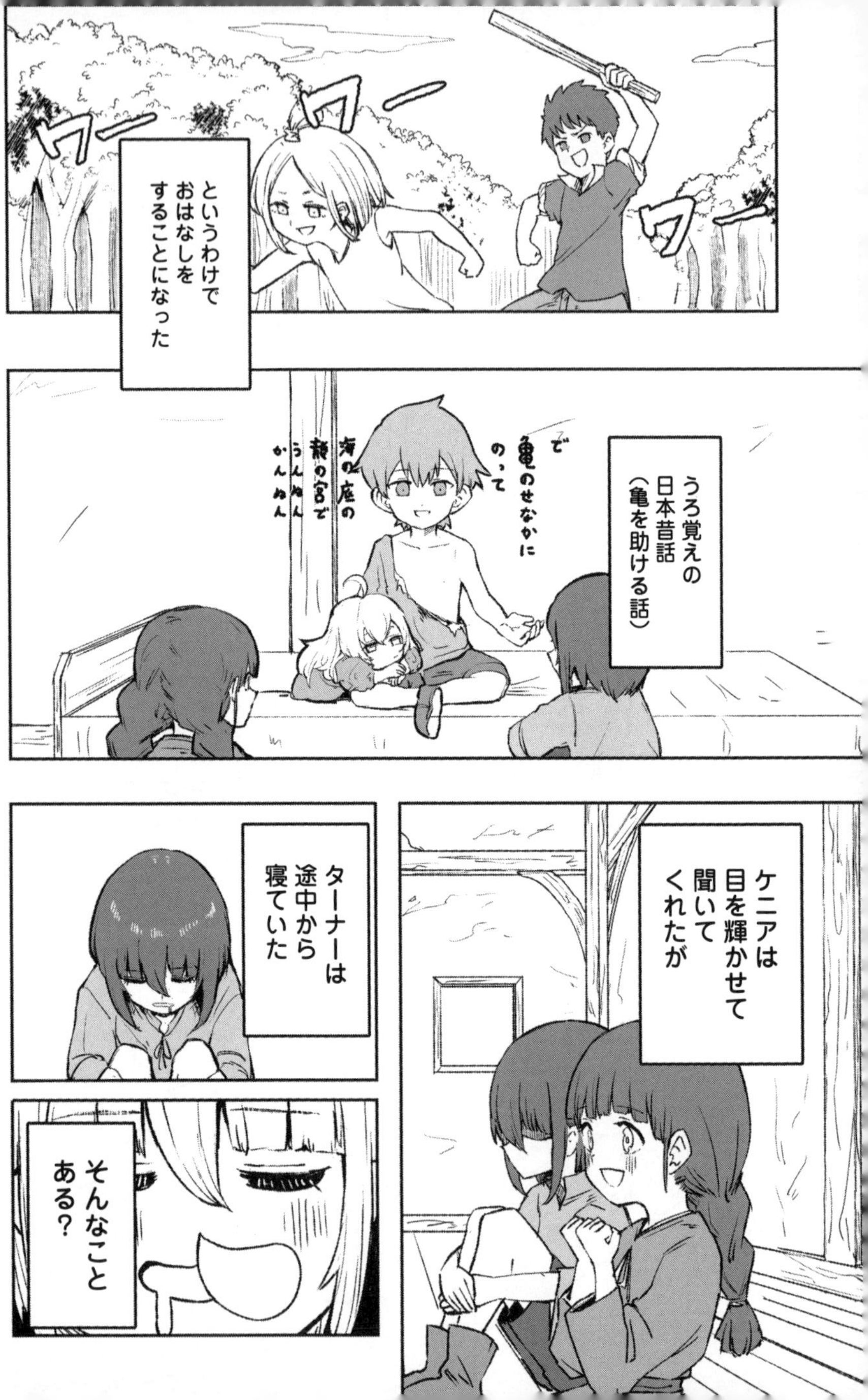
ワーワー
ワー
というわけでおはなしをすることになった
うろ覚えの日本昔話（亀を助ける話）
で
亀のせなかにのって
海の底の龍の宮で
うんぬんかんぬん
ケニアは目を輝かせて聞いてくれたが
ターナーは途中から寝ていた
そんなことある？

オレの服
直して
くれない？
今日の
おはなしも
面白かったわ！
さすが
レンね！
ケニアは
いい子だなぁ
ケニア
ふたりとも
寝ちゃったし
今日はもう
このへんで…
あっ
そうね
じゃあ次は
計算の時間ね
えっ
すぅ～～～

ふう
やっと解放されたよ…
結局夕方までかかっちゃった

よっと
……
プルプル
危なっかしいなぁ
ガッ
わっ

大丈夫？
お姉さん
レン！
ありがとう
助かったわ
たまたま
近くにいて
よかったよ

全然気づかなかったわ…
すぐそこにいたよ
ええ…
……
なんでハダカなの…
あっ！水汲《く》みなおさなきゃ…

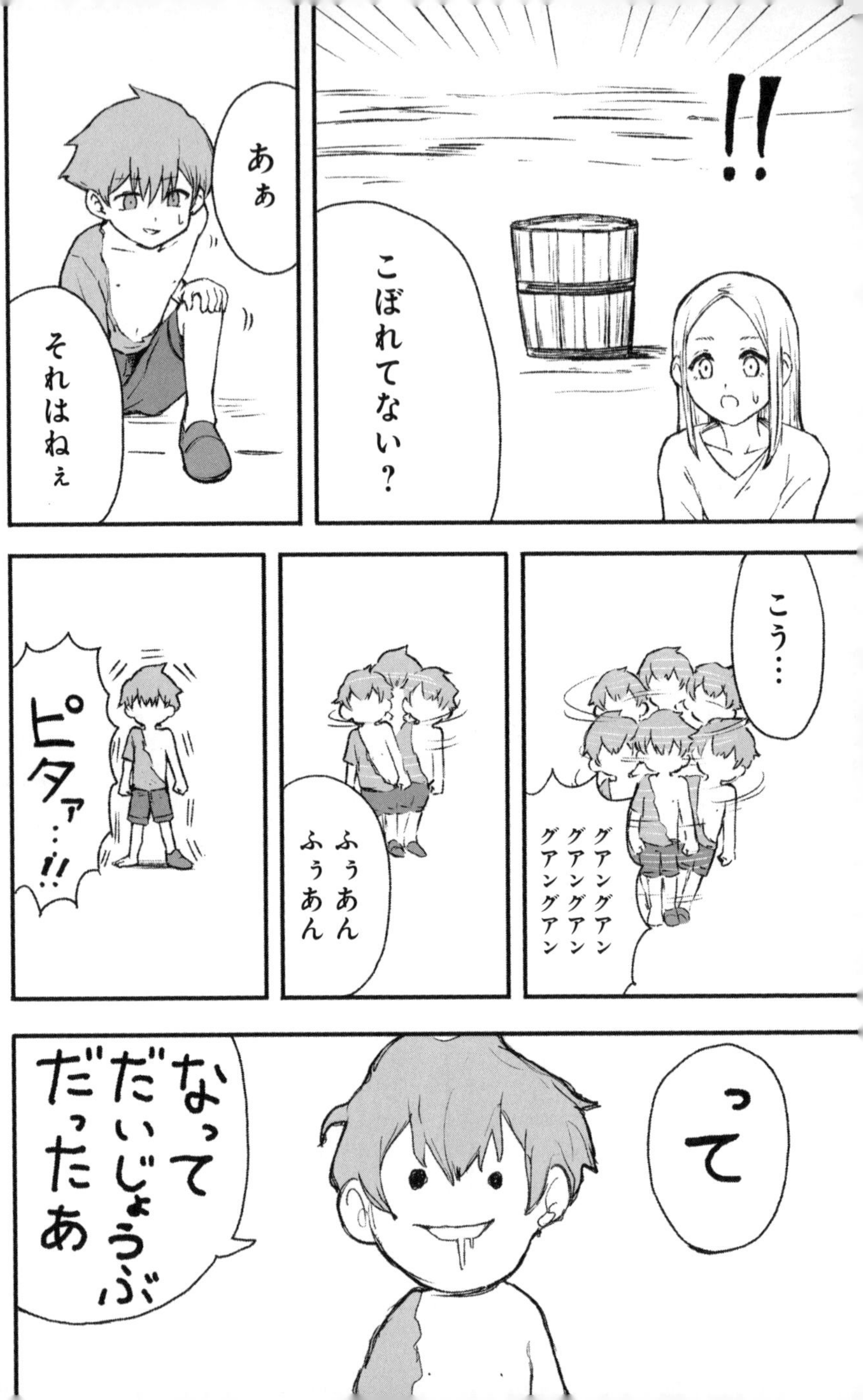
!!
こぼれてない？
あぁ
それはねぇ
こう…
グアングアン
グアングアン
グアングアン
ふぅあん
ふぅあん
ピタァ…!!
って
なってだいじょうぶだったあ

……
すごーいっ
ピョン
ピョン
すごいねえ
そんなこと
あるんだねえ！
う　ん
足元に
気をつけてね
レンも
風邪
引かない
ようにね
ハハッ…

とっさに
使ってしまった
…
気をつけなきゃ
いけないのは
俺だ
周りに人が
いないのは
確認していたが

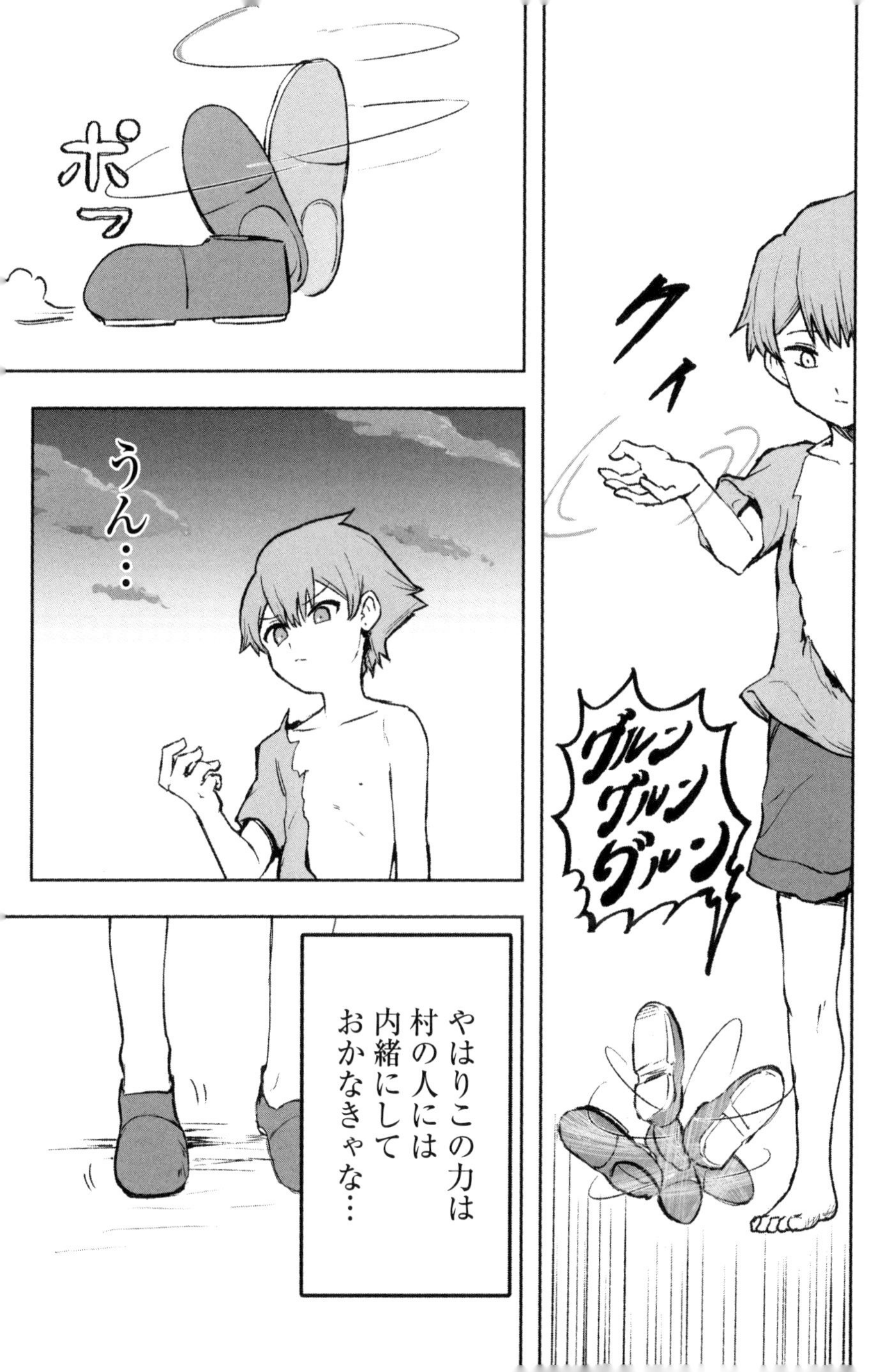
クイ
グルン グルン グルン
ポフ
うん…
やはりこの力は
村の人には
内緒にして
おかなきゃな…

……
ザッ
ザッ
ザッ
ザッ
ザッ

気をつけよう……
あ
父さん
タタタ
レンいま帰りか？
なんで半裸なんだ？
うん
すっ
うっ

手繋ぐの恥ずかしいんだよなぁ
ニャ
ニャ
でも5才児なら普通のことか…
……

ひ
ひぇぇ～
わ
テッドたちに意地悪でもされたか～？
いやそんなんじゃないよ
父さん…ボク父さんより中身年上かもしれないんです
じゃあなんで半裸なんだ？
肩車はキツイですよ

俺はこの
ド田舎の
暮らしが好きだ
村の人たちも
いい人たちだ

この平穏が
いつまでも続くように——

この秘密は
隠し通す
絶対に—

ワオオオオ
ZZZ

出来損ないと
呼ばれた元英雄は、
実家から追放されたので
好き勝手に生きることにした
テレ東・BSテレ東・AT-Xほかにて
TVアニメ絶賛放送中!
「Blu-ray & DVD BOX 上巻が2024年7月26日(金)発売!」

［NOVELS］

原作小説

第7巻

好評発売中!

［著］紅月シン
［イラスト］ちょこ庵

［COMICS］

コミックス

第9巻

2024年
6/15
発売!

［原作］紅月シン ［漫画］鳥間ル
［構成］和久ゆみ
［キャラクター原案］ちょこ庵

［TO JUNIOR-BUNKO］

TOジュニア文庫

第3巻

好評発売中!

［作］紅月シン ［絵］柚希きひろ
［キャラクター原案］ちょこ庵

［放送情報］

※放送日時は予告なく変更となる場合がございます。

テレ東
毎週月曜 深夜26時00分〜

BSテレ東
毎週水曜 深夜24時30分〜

AT-X
毎週火曜 21時30分〜
（リピート放送　毎週木曜9時30分〜／
毎週月曜15時30分〜）

U-NEXT・アニメ放題では
最新話が地上波より1週間早くみられる!
ほか各配信サービスでも絶賛配信中!

STAFF

原作：紅月シン『出来損ないと呼ばれた
元英雄は、実家から追放されたので
好き勝手に生きることにした』（TOブックス刊）
原作イラスト：ちょこ庵
漫画：鳥間ル
監督：古賀一臣
シリーズ構成：池田臨太郎
脚本：大草芳樹
キャラクターデザイン・総作画監督：細田沙織
美術監督：渡辺 紳
撮影監督：武原健二　坂井慎太郎
色彩設計：のぼりはるこ
編集：大岩根力斗
音響監督：髙桑 一
音響効果：和田俊也（スワラ・プロ）
音響制作：TOブックス
音楽：羽岡 佳
音楽制作：キングレコード
アニメーション制作：
スタジオディーン×マーヴィージャック
オープニング主題歌：蒼井翔太「EVOLVE」
エンディング主題歌：愛美「メリトクラシー」

CAST

アレン：蒼井翔太
リーズ：栗坂南美
アンリエット：鬼頭明里
ノエル：雨宮 天
ミレーヌ：愛美
ベアトリス：潘めぐみ
アキラ：伊瀬茉莉也
クレイグ：子安武人
ブレット：逢坂良太
カーティス：子安光樹

TVアニメ
公式サイトはコチラ!
dekisoko-anime.com

シリーズ累計90万部突破!!（紙+電子）

アニメ化決定!!!
没落予定の貴族だけど、
暇だったから魔法を極めてみた
©三木なずな・TOブックス／没落貴族製作委員会

隠れ転生２

2024年７月１日　第１刷発行

著　者　トール

発行者　本田武市

発行所　TOブックス

〒150-0002
東京都渋谷区渋谷三丁目1番1号　PMO渋谷Ⅱ　11階
TEL 0120-933-772（営業フリーダイヤル）
FAX 050-3156-0508

印刷・製本　中央精版印刷株式会社

ISBN978-4-86794-209-3

Printed in Japan